LE RÊVE DE LA GUERRE

DU MÊME AUTEUR AUX ÉDITIONS DE LA DIFFÉRENCE

Paul Klee, l'Œil en trop, essai.
Lettres d'août.

ALAIN BONFAND

LE RÊVE DE LA GUERRE

récit

LITTÉRATURE
ÉDITIONS DE LA DIFFÉRENCE

pour Caroline

pour L. W.

I

Je cherche sur ma main droite la trace d'une coupure ou d'une entaille. Mes ongles sont noirs des châtaignes brûlées. J'ai froid. Quelque chose se dissimule sous l'enveloppe grise des arbres que je ne sais dire. Une chose grise, égale à l'écorce, concentrique et qui n'apparaît pas. Une chose retenue, que je sais pourtant. Je ne veux que la dire, dire la chose grise, racine, arbre, fleuve, serpent, corps échoué. La toile de l'araignée est gelée ce matin et couverte aussi de givre.

Je quitte la maison, elle n'est pourtant pas la maison à l'écart de la ville, prise par le froid, et qui abrite le sommeil. Je n'ai trouvé ni le fleuve, ni la mer, et j'ai perdu cette maison où celle qui dort dort maintenant du sommeil que j'ai dû lui rendre. Je n'aurai désormais plus part à ce sommeil, sinon de mon souci qui viendra, pour une raison ou une autre, en avril, à la fin de l'année, pour les lumières, pour la fatigue, l'été ou l'eau, le sel, puis sans raison la rejoindre. Un jour elle aimera quelqu'un. On me prendra mon souci et ma peur et je serai de son sommeil séparé. Je ne cesse de marcher qu'en le comprenant. A gauche et à droite, plus près, la terre fait une excavation pierreuse. Je regarde ce que je ne vois pas. L'arbre.

Son silence m'ouvre à un souci plus grand, mais interdit qu'il me submerge. La main sur l'ardoise, la main qui efface : tout cela est pour demain, et demain est loin encore. La main qui écrit à la craie les lettres est lourde et calleuse, c'est une main qui a travaillé, qui a monté des murs, taillé des pierres. Je ne la revois pas écrire, je vois seulement les lettres et les mots que je ne sais lire. Je sais qu'elle efface, et la couleur de l'ardoise et la craie, et la maison entre la route et les vignes. Devant la fenêtre il y a un prunier. Le balcon est en ciment et je peux en descendre en me servant de l'arbre. La vigne est à quelques mètres.

Depuis des jours, les images reviennent, les tamaris, le printemps, les pollens, la poussière, le serpent dont j'avais peur dans le jardin potager, et qu'un jour elle alla tuer, parce que j'avais en marchant dans les allées cru le voir. J'étais enfermé derrière la véranda. Tout me semble proche, elle portait cet après-midi-là une blouse gris perle. Je me souviens de l'orage qui éclata peu après. L'eau couvrit le balcon et entra dans la chambre. Vous m'avez aidé à la perdre. Cela je ne peux l'oublier. Je sens la forme des pierres sous mes pas et la douceur perdue de son sommeil. La nuit a changé et dès lors vous appartient, hantée et sèche. Vous avez remplacé la douceur par des images. Et les images mêmes ne sont que les images d'une image perdue que je ne vous ai donnée que parce que vous me l'avez prise.

L'eau est noire. Elle touche la nuit. Un chant enveloppe votre corps, il est son visage, le visage de votre corps tout entier. Un chant égal au désir. Entre l'eau et la nuit. Le jour, l'eau a encore la marque de la nuit. Je me la représente comme un étang de forme approximativement circulaire. La voix se tait. Le silence est où était le chant, et l'entoure. A cet endroit, le jour, un homme qui tient un bâton est debout, prêt au départ. Le pont permet d'accéder à la ville. Ses murs sont hauts. Je sais ce qu'il regarde et qui lui interdit de partir.

J'ai oublié la partie de moi-même que j'ai laissée à votre visage.

Il est cette ville où je ne retournerai pas. Des chevaux que personne ne peut plus soumettre aux rênes et à la selle viennent de l'est. Avec le vent, la pluie et la peur. Les images sont ouvertes, elles battent à ce vent. L'écho des piaffements s'est rapproché. Ils sont dans la ville, cette fois à l'intérieur des murs. Elle fait un cadre autour de leur bruit. Je sais les espaces en enfilade qui ne mènent nulle part, et je veux croire que si je poursuivais ce chemin que m'indique le bruit, je vous verrais. Quel chemin ? J'aimerais rejoindre les chevaux, ouvrir les portes à l'Occident des murs. Ils entreront dans d'autres villes. Au matin ils sont partis. Le silence est comme la lumière. D'un espace à l'autre, elle éclaire ou n'éclaire pas, menace, et espère. Je dis votre visage, et par hypothèse le silence se fait. J'entends un battement, mon cœur bat comme si je vous avais vue.

Entre les colonnes et les stèles, la lumière écrit les cercles de l'araignée. Ils tournent à plat - ce qui corrompt le cercle autour d'un centre. Un vide de lumière. Voilà l'image. Vous, retrouvée entre les ronces. Les tombes des enfants ont des pierres de petite taille et les photos sont défigurées de pluie, de temps et d'une histoire qui s'ajoute à la leur. L'ombre d'un palmier s'ouvre près du sol, la mousse et l'herbe taillée font, vers le cercle de lumière, un cratère aussi précis qu'invisible pour un autre. Je cesse de voir les ombres qui bougent pour voir celle-ci. Si je fais un pas, il n'y a plus rien, la lumière perd son contour.

Je cherche dans une nervure la veine de vos mains. Je vois - me retournant - la frise d'un motif répété, un trèfle à feuilles égales, montrant le vide d'un espace également invisible sous cette forme. Un vide d'une moindre lumière, nommé d'avant la lumière, hérité du matin d'une autre ville. Il fallait changer les noms de villes, puis l'histoire qui les avait reliés. Il faudrait écrire à rebours, toujours commencer, décliner les contours de cette lumière. J'enveloppe ma main d'un mouchoir, et sens quelques graviers glisser sous la peau. La lumière est perdue, elle s'est cachée sous les ronces. Elle a glissé. Je cherche un frôlement de vous au creux de mon bras gauche ou près de mon cou, et ne l'obtiens pas. Construire une ligne géométriquement fermée, presqu'un cercle. Les lignes diagonales de la toile sont des lances. Elles font des angles de moins en moins larges à leur bord. Je me prends à ce piège. Croire possible de vous voir où vous n'êtes pas.

La frise des trèfles se perd. Une architecture lui succède, sur son entablement des noms sont écrits, séparés chaque fois par un signe. Dessous, en chiffres romains, leurs dates. Puis une place, des voix. Je suis loin. D'où je suis, je peux compter les visages, les silhouettes, leurs ombres. Je vous cherche parmi elles. Je vous chercherai longtemps. Je vais me tromper. Mon cœur battra pour rien. Il suffira d'une ressemblance ou d'une parenté pour le faire battre. Puis les pierres de votre histoire suffiront, les plus insignifiantes. Ils sont dans cette foule, les figurants de votre récit. Je les observe. Je les juge. Je m'inquiète de savoir entre lesquels vous vous tenez. Les cheveux tirés en arrière et le visage coupant, ronde cependant, contrastée : dure et douce. Je vous divise. Même au milieu d'eux je vous trouve, je vous perds. J'ai perdu l'angle adouci du présent, son parterre de lys, l'enclos de la blancheur. J'ai perdu son cloître. Je vais en oublier les essences et les colonnes torses.

J'attends que vous vous sépariez d'eux. Je vous suis. Je suis votre visage, la ride qui ouvre son front. Sa violence retenue. Vous marchez de face et il me faut reculer très vite pour ne le pas perdre. Vous ne pouvez me voir, mais l'impression que vous me regardez contrarie toute définition. J'essaie pourtant de retenir chaque détail. Je ne vois plus que cette ride à droite de votre sourcil, comme une faille. Saurai-je encore lisser de mon doigt son dessin ? Votre visage est interdit.

Je vais le jeter aux images de la solitude, le forcer, le soustraire aux influences. Je vais le soumettre à la question. Le vide sera à partir de lui. Mon vide : qui va tourner autour de l'équerre du regard. D'un lieu à un autre, produire ce vide, produire la couleur de ce vide, jusqu'à son origine. De l'un à l'autre, c'est la seule histoire. Jusqu'à ce que, vous cherchant, je finisse par vous perdre. De l'un à l'autre, l'histoire de la question.

L'horizon est jaune. Sur une bande non mesurable, je dénombre, j'écoute, je scrute. Je protège mon attention contre ce qui est au-dessus et au-dessous de l'horizon. La mémoire et le devenir. Avant le jaune j'ai vu les décombres rouges, les décombres noirs, morts ou vivants, secs ou visqueux. Noirs comme un triangle. C'est une bande de sable devant un paysage où une action a lieu : une ville, des arbres, que sais-je ? Vous passez à l'heure où je vous attends, ce que j'attends le moins. Cela était écrit. Je saurais balayer ces os, ces vipères, ces branches, mais sous la couleur jaune un corps gris, invisible, roule, un corps immense et échoué, semblable à une racine vivante. Je touche sa peau grise et tachée, à peine sensible, je mange sa chair. Je recrache. Elle n'est pas à gauche ni à droite de l'espace, elle est devant moi, et plus loin vers un point où l'horizon ne cesse. Je plante dans cette chair qui ne bouge pas deux merrains, avec l'intention de marquer leur distance, d'établir une perspective. Cela n'a pas de fin, ce corps n'a pas de fin. Vous me fixez, votre visage est une pierre coupante. Je passe vite. Une pierre, des arbres, une montagne peut-être, de l'eau. L'horizon est jaune, marqué maintenant de deux bois noirs. Une vipère s'enroule sur le premier. Je n'avancerai pas. Je vais laisser s'ensabler la menace. Je vais lire ce qui était écrit. Le danger est sous cette bande jaune, couleur de peste, de famine et de poussière. Au-delà, la ville : celle-là, une autre, où vous veillez. Nous n'avons pas de temps, pas de dates.

Cette géographie n'appartient ni à l'histoire, ni au rêve, mais à la peur seulement, que rien n'encombre. La peur que ces signes annoncent et dissimulent. Elle est plus grande que je ne peux le dire.

Je vous ai à peine vue, l'image jaune plus que jamais est présente. Je me place devant elle, à proximité de son écran, de loin vous pourriez voir mon ombre. Je regarde. Je m'approche et une forme, comme une branche vivante, fuit. Derrière moi, si je me retourne, tout sera noir. Et je sais que si je cherche ailleurs, toujours cette plage de sable se soulèvera du mouvement de ma peur. Je sais qu'aucun lieu ne me sera de secours. Toujours ce serpent s'enroulera sur lui-même. Toujours je planterai son signe dans le corps invisible. Toute image est compromise, toute promesse trahie. J'ai vu des images au bord d'elles-mêmes. Je les avais reconnues à une bouée, au passage d'une saison à l'autre, à une façade de pierre. Des images qui ne venaient d'aucune histoire. Pleines, indemnes, passagères. Aujourd'hui le seul récit que je saurais lire est celui de ce serpent au seuil de la bande jaune. Lire. Ecouter le froissement.

Les lignes sont ennemies parce qu'elles forment une cage. Les barres horizontales, font autant d'horizons. Elles sont, autrement, des marches plates. Une imprécation dit que de la terreur seule vient l'intelligence. J'expérimente que l'intelligence de ces lignes, leur pauvreté, produit de la terreur. La produirait si au bas de la page, en m'approchant de son terme, je ne me détournais. Je ne vois que le vide entre les mots, parce qu'ils ont organisé le vide. Je cherche comment construire ma prison, comment prendre les mots à mon compte. Je les prononce, à haute voix. Je n'ai peur que du vide entre les barreaux, derrière eux, derrière moi. Il faut que je sois encastré, compris, adossé pour regarder. J'ai en mémoire les couleurs noires et bleues qui, dans un face à face, m'obligent à tourner le dos à la salle où se déroulent dans le miroir, derrière vous, les images.

J'ai le sentiment que l'on m'observe, je me retourne et cherche en même temps l'exposition précise qui me permettra, vous regardant, de ne pas me voir. Je ne supporte plus ce miroir. Vous êtes contre lui, trop proche pour que je voie vos épaules à peine courbées, rondes. Je revois votre vêtement noir, mais ce lieu est indifférent, et il m'est indifférent de le situer. Je balance entre le vide précis de ce décor transposable et la chaleur noire, toujours la même, de votre présence. Sur la ligne, en face de moi, les mots sont isolés comme par l'appareil d'un mur : - entouré -, - d'attention -, - de calcul -, - d'espoir -, - de soupçon -, - d'oubli et finalement de pitié -. Je ne peux chercher plus haut, je lis la dernière phrase et ne la comprends pas. J'ai l'impression que mon front se pose contre les mots - d'oubli et finalement de pitié - comme contre un mur. Je vois des herbes entre les pierres, un arbuste qui pousse je ne sais comment, j'entends les cris des oiseaux et une rumeur, comme une prière.

Je crois que derrière moi le vent se lève, vous marchez de gauche à droite, longeant la barrière de l'espace qui nous sépare. Sans me retourner je sais où vous êtes. Je situe dans l'espace votre présence, selon la mesure horizontale qui ne me renseigne en rien sur vous. Vous êtes là, cela suffit. J'aimerais entendre de grandes phrases pareilles à des vagues, elles me donneraient le sel, elles rouleraient avec une violence s'arrêtant, quand il faut, à temps. Des vagues comme la voix, comme l'écume. La nuit s'approche, autour de moi ils s'éloignent, le mur est alors plus froid. Vous m'attendez, vous attendez que j'aie fini, vous ne savez quoi.

La nuit donne à la peur sa mesure. Je me détourne du mur et marche vers vous, avec prudence cependant, comme s'il allait me rejoindre, ou s'écrouler sur moi. Je vous retrouve au point exact où il ne peut m'anéantir. Non pas tant parce que la distance semble suffisante que parce que votre manteau noir s'ouvre et me prend. J'entre dans le seul mystère : l'immense chaleur où la peur s'arrête. Je n'entends plus les oiseaux, je ferme les yeux et vois l'arbre vertical entre les pierres. Le monde est contre moi et n'est presque rien, mais avec une puissance incroyable il me tient : les étoiles dans la nuit font un silence à peine supportable, par lequel votre parfum devient aussi précis qu'inintelligible. Il est le nom que je dis doucement, le nom court, mais égal aux grandes vagues.

Tu m'as protégé contre les mots. Les mots de l'actualité que j'allais prendre, jouant à me faire peur pour que tu me consoles. La chambre est haute, je construis en un mot l'histoire de la nuit, de la nuit d'où nous venons, du mur, du soir avant la nuit, des derniers bruits. Je récite. J'aime marcher à côté de toi. Je vais être forcé de parler de toi au passé, ne t'éloigne pas.

Je cherche les vagues, de loin en loin je trouve des méduses échouées, bleues ou transparentes. La mer en se retirant a laissé de grandes flaques. Mon pied est immobile. Le monde est humide.

Des fenêtres, nous voyons les remparts.

Je voudrais que les pages du livre se referment, mais comme un polyptyque, où les images viendraient se couvrir les unes avec les autres en des temps et des lieux différents ; que le rêve et la fable soient collés, et alors invisibles l'un à l'autre. J'ouvre le panneau de gauche sur un serpent. La mer se retire, formant une île, l'eau est peu profonde autour de moi mais sur une distance conséquente. Je vous cherche cette fois selon un mouvement circulaire. Je découvre, le parcourant avec effroi, le cercle de votre absence. La panique qui me gagne ressemble à une panique de mort. Je confonds les lieux et les images, le mur et l'horizon. Les méduses sont des pierres, et j'ai, les levant du pied, peur qu'elles ne protègent le serpent. Le mur et l'horizon sont identiques. La mer se brise maintenant loin de moi. Je ne sais, loin de vous, de quelle ville sont ces remparts. Partout je vous cherche, votre absence crée une confusion, presqu'un vertige. Je voudrais qu'une main m'indique la géographie où vous trouver. Je cours parfois auprès des silhouettes et des ombres en tous sens. Je lève la tête et cherche un signe qui me montrerait où me diriger, le passage périlleux où, ne vous voyant pas, je m'engagerai cependant, certain d'avancer vers vous. A défaut peut-être une voix, un écho ; que l'espace au moins se restreigne, qu'on lui donne des limites, un possible, un périmètre.

Où es-tu ? Je te sens sur un autre continent. Le monde est sans résonance. Je me tiens d'autant plus droit que j'ai l'impression qu'il se retire sans bruit.

Vous avez une blouse blanche, le temps est moite, mais dans un rêve. Vos gestes sont les mêmes, fragiles, précis, méthodiques, mais livrés à une tâche et un espace aussi abstraits que possible. Je ne sais où et n'arrive pas à vous imaginer. Je transporte seulement vos gestes dans l'intuition d'un lieu dont la définition est qu'il me sépare de vous.

Il me faudrait au moins une carte, un plan. Je comprends que la première qualité de votre absence, est d'avoir anéanti toute géographie. Je n'ai à espérer aucune narration, aucune histoire passée ou présente. L'histoire précise de la mémoire où les lieux ont des noms et le désir des dates, où les événements sont qualifiés, où les acteurs ont des rôles, est rendue impossible. De toute façon, ce refuge, cet âge d'or, je n'en voudrais pas. Ni des épisodes, ni des circonstances. La ligne du récit en regard du cercle de ma peur s'anéantit d'elle-même. Quant à la seconde qui suit le présent, les lendemains, les jours à venir, ils semblent appartenir encore moins à la géométrie de l'absence.

Reste le présent. Son affolement comme une course dans le vide, où je décris des détours, pour échapper à quelque projectile ou pour éviter quelque obstacle. Son immobilité où mon pied s'enfonce dans le sable. Sa solitude. Je guette au loin la forme noire qui serait la vôtre et marcherait vers moi, ou vers laquelle, par un moyen ou par un autre, je pourrais me diriger. Mes doigts glissent dans le noir sur le clavier. Le sens de la nuit est perdu. Ils tâtonnent vers les chiffres d'un appel impossible. Au-delà de ce cercle il y en a un autre, concentrique. le sens du présent est de concevoir ce cercle. J'écris un cercle.

Tu ressembles à ton écriture qui n'écrit aucun mot, seulement la première lettre de ton nom sans la barre horizontale, comme une flèche. Je ne sais à quoi la direction qu'elle indique correspond, elle est plutôt un geste interrompu, je me coupe en m'approchant d'elle.

Je ne saigne pourtant pas. Quelque chose parle comme le blanc autour de la lettre. Je me persuade qu'en écoutant ce blanc plus attentivement, je finirai par entendre les mots communs.

Tu me réponds en silence : « Je n'ai rien dit, je n'ai même pas pensé. Je suis fatiguée. »

Tu as crié pendant ton sommeil, cela je le sais. Je m'accroche à cette certitude et donne à ton cri la forme de cette lettre, cette fois écrite en blanc. Elle est aussi celle de mon nom.

« Je n'ai pas crié. »

Tu as crié. C'est parce que je n'ai pas su te rassurer que tu dis que tu n'as pas crié. C'est parce que je t'ai rassurée en disant le nom d'une autre que tu m'adresses aujourd'hui ce cri en guise de lettre, de flèche, de trait. Je t'assure que tu as crié. Tu as crié cette lettre. Tu me l'as adressée. C'est vrai, j'avais dit doucement, tendrement, totalement un autre nom, mais c'est à toi que je l'avais dit.

La tête me tourne parce que le vent depuis des heures siffle, que mon regard suit le cercle et en cherche d'autres, et te cherche. Qu'il scrute et ne voit rien. En silence je suis au centre de ce silence, la lettre ébréchée de ce cri.

Je me suis mis à genoux dans le sable, pour éprouver autrement l'immobilité. Je me suis arrimé au sol fuyant.

J'ai mis un genou en terre, puis l'autre. Ce n'est pas un signe de supplication, ni l'acceptation sereine que cela peut s'abattre sur moi, mais une manière de voir l'horizon de moins haut, et d'attendre de plus loin, par une absurde volonté de résistance, le coup qui peut m'anéantir. Le sable est humide et froid, le vent moins violent. Je sens que, malgré moi, mes épaules se voûtent et se durcissent. Sur le sable, tout près, à l'intérieur du cercle, les algues sont d'immobiles dessins. Elles sont les roses solides, solitaires et fragiles de l'attente dont le nom se dédouble.

Si j'apprends que tu es morte à cette seconde, c'est que tout était vrai, que le nuage s'est plié sur toi, que le cri n'était pas celui du sommeil. Tu es encerclée de ciel autant que je le suis d'absence, écrasée par les pages. L'oubli sera la force invisible du texte qui s'efface à mesure où il se lit. La nuit large commence. Cela signifie que tu disparais selon la phrase qui rend la disparition abstraite. Portée disparue. Je vais brûler ou jeter les carnets, ne garder qu'une phrase puis une autre, les empiler, ou plutôt les mettre les unes sous les autres. Construire à l'envers. Détruire. En produisant la page de la destruction. Les lèvres qui diront cette page feront une empreinte contagieuse et non localisable.

Votre absence est à son terme, c'est-à-dire au point extrême où je conçois la disparition de votre corps dans l'espace possible. A la géographie de l'absence qui compromettait la géographie succède celle de la disparition. Il ne peut y avoir de lieu pour elle, aucune ascension, aucune immobilité, aucun détour ne me rendra un signe ou une pierre où vous reposeriez. Le vent disperse devant moi les traces des algues échouées. Le jour est immobile, non pas moi, mais le jour. J'appartiens, sorti du rêve commun, à son immobilité. Je m'instruis d'elle. Pour qu'il n'y eût personne entre cette immobilité et moi, pour que le malheur qu'elle portait restât indéchiffrable, j'avais fixé mon regard. Non pas fixé, mais rendu fixe. Il n'y avait pas même une trace qui pût le garder. J'étais au centre du sable, non pour voir, mais pour être la marque de votre disparition. C'est le mot que j'ai choisi pour échapper à l'incroyable pâleur du jour et à la lumière d'or qui pèse sur l'effritement des points cardinaux. Un mot au terme de l'érosion. Le vide répond à l'excès du réel quand son contour est précis comme une couleur.

L'ordre du jour, s'il peut y avoir encore un ordre, c'est l'ordre du manque. De la détermination de ce manque. Sa qualité. Au-delà, quand il a été déterminé, cerné, à l'intérieur de lui le manque de l'histoire qui le rendra supportable. Une sorte de plan d'ensemble où une progression serait narrativement non pas déterminée mais possible. Je bute désespérément sur le mot disparition, je suis fatigué de ces vêtements qui collent et sont humides, je respire d'un coup le sable.

Cercle, disparition, il me faut bouger, trouver la force d'un mensonge. J'essaie de me relever et tombe à genoux.

Il est impossible d'écrire le journal du livre qui ne s'écrit pas. Le journal doit être le journal de quelque chose. Il est impossible que vous n'existiez plus, autant qu'il était impossible que votre image se fût auparavant réduite aux images de ma mémoire. Le sel et le sable sont salés. Le sel devient une idée, mais seulement dans cette région la plus incertaine, que je n'ai plus le sentiment de pouvoir appeler région. J'ai d'abord compté les jours du mois, puis les mois de l'année ; mon corps pèse davantage, du moins il s'enfonce. Il faut avoir la force, sans vous appeler, sans vous nommer même, de me lever. Non pas le sommeil, ni même un demi-sommeil. Je sens l'eau entre mes jambes couler, puis couler de plus en plus vite, le sable glisser entre mes genoux.

Que n'avez-vous compris que posséder ce manque qui n'est plus le manque de quoi que ce soit, de qui que ce soit, au plus haut point, jusqu'à l'épuisement, et continuer, continuer encore, cela seul est l'amour. Vous avez cru aux conditions. Les mêmes dont aujourd'hui je ne veux me satisfaire. Je vois des troncs d'arbre d'environ un mètre vingt, noircis, chacun porte une spirale de coquillages. Ils avancent en ordre, pareils à une armée, et me semblent nombreux. Je concentre mon attention sur eux, à nouveau je m'arrime. Je ne sais comment, l'image d'un rêve où une force peu représentable écrase deux cyprès de la haie me revient. Je m'étonne de mon ombre qui, imperceptiblement, bouge. Au pied de chaque pilier, un tas de boue solide de façon régulière s'est constitué. En haut, à gauche de la tête, quelque chose bat, et il m'est difficile d'en déchiffrer le sens. Il reste concevable que vous vous teniez prête à côté de moi, mais voilée, lointaine et pour l'heure invisible. Du moins je sais combien le mot « concevable » est une adresse, presqu'une invocation. Je me sens guetté : cette douleur soudain m'inquiète, je comprends pourquoi je conçois votre présence. Je la requiers en fait à la seconde où le souci, la peur plutôt, bat le plus précisément.

Un jour je verrai l'image sans la peur qui me la découvrit. Elle sera abstraite, et abstraite son origine. Je n'entrerai plus en cet autre rythme de votre sang, de vos tristesses et du désir. Je sais que l'image est obscurcie par les mots, que l'image est obscurcie par la question qui l'éclaire. Les mots solidifient l'ombre de la question. Elle est la raison de l'ombre et les mots qui vont la comprendre vont me l'interdire. En la prenant, puis après. Ce qui ouvre, n'ouvre sur rien, ce qui donne ne donne rien, je voyage en cette ombre, oublieux de l'image blanche et attentive. Je garde l'ombre, je compte les graviers de sa surface. Ils laissent sur la paume de mes mains une empreinte.

Je sais ce lieu où tout peut advenir, au plus proche de l'ombre. En parlant en elle, en touchant le sol, en me cachant en elle, je vous retiens. Je retiens ce qui me fonde et votre absence me fait voir ce manque d'avant vous qui a votre regard. Vous êtes l'étrangère qui a mis en scène ce que je ne voulais pas savoir. Ce qui s'ouvre en moi ne s'ouvre sur rien. Je sais la maladie que couvre cette ombre. Vous êtes l'image, le point de ce passage qui mène à la tristesse et autour duquel tisse l'araignée. Ce point entre l'ombre et l'origine. J'ai du mal à croire qu'il y ait des images d'avant, parce que leur retour semble soumis à votre absence. Elles viennent de derrière elle, d'avant elle. Entières ou par indices. Que la raison de la peur pût demeurer invisible m'a toujours semblé le pire. Je dis raison pour objet. Quand l'objet est son image. L'invisible me retrouve et commence la peur, une peur plus grande que l'objet. Au fond du corps, le mal sans symptômes attend. J'évite, en m'éloignant, de regarder autour de moi. Un mot peut suffire à la panique. J'entends les chevaux piaffer, la rumeur grandir. Ils sont revenus. Je les vois ils sont quatre et de quatre couleurs. L'un se cabre, écumant et blanc dans la nuit.

Sur une place je m'approche de la statue d'un homme. Elle est sur une base haute. Je suis séparé d'elle. L'homme me regarde. Plus loin, dans une pièce exiguë, le même homme porte un masque au nez long. Je le reconnais à cette peur que j'éprouve. Je sors en hâte.

L'écran diffuse sans fin le film de ces images. Elles sont grises, l'homme porte un manteau. Où que j'aille l'écran est là. L'image prolifère. Elle est le même et le contraire de l'image. Son échéance. Le même mot.

J'ai su cela bien avant ce cercle autour de moi, avant que l'espace ne soit privé d'espace.

J'avais peur et appelais cet extérieur où, le

contour du jour brisé, je ne retrouverai rien et trouverai tout immense. L'extérieur était non pas tous les lieux comme un seul, mais un lieu précis où vous m'auriez attendu, autant pour me rassurer que pour que je m'y rende. Je lui donnais parfois une image horizontale, blanche ou courbe, toujours vertigineuse, et votre présence était non pas à côté d'elle, mais en elle. Elle orchestrait le contour, l'organisait humblement, mettait en ordre le monde qui sans elle aurait été aussi abstrait qu'immense. L'image devenait rassurante, elle était une main douce et sûre dont le geste était précis et inattendu, bien que requis. Je vois, voyant sur une cheminée noire d'usine un escalier, la spirale de coquillages, noire sur les piliers. Il faut tracer une ligne entre ces deux images, une ligne d'un point à un autre, qui est le même. A l'aveugle. Tu es en un point de cette ligne. Je ne sais pas encore où ni comment. Ni si cette ligne est vraiment la seule susceptible de rejoindre ces deux points, ni si elle existe. Sur la route nous nous sommes trompés plusieurs fois de direction.

L'usine est, malgré la diversité, et, disons, la beauté du paysage, le seul repère. Je le retiens comme tel. Je sors par lui d'une situation perdue. Je ne suis plus, m'en étonne, agenouillé dans le sable, et les piliers se sont éloignés, puisque j'en conçois l'image. Je n'éprouve plus l'armée de leur présence. Les fantômes ont fui. J'habite à nouveau, avec indifférence, le monde ordinaire. Pourquoi alors cette ligne continue-t-elle à me préoccuper comme la suite interrompue de notre présent. Une ligne telle une chaîne d'or, sur vous fermée, ou non. Vous êtes la fibule de votre propre corps. Vous êtes votre propre ligne. Un scintillement, une brillance sous la lumière vous échappera, je le sais. J'ai vécu en vous un lieu appris, où comme un aveugle je savais me repérer.

Quand nous nous sommes trompés à nouveau de direction, j'ai compris que nous ne pouvons, en fait, vivre que dans un espace restreint et habituel, où chaque geste a sa matière, sa destination, son issue. Que le monde s'ouvre et l'homme le mieux assuré est égaré. Vous étiez mon monde à l'intérieur du monde. Je n'ai plus d'intérieur et suis tout entier à l'extérieur de moi, en exil. Nous avons quitté la route, il est tard et je n'imagine pas que nous devions nous arrêter.

« Je t'assure, tu as crié ».

La nuit recommence. La lettre devient blanche. Je l'écoute dépliée comme j'écouterais cette ligne, sans l'entendre. Je reviens - dehors il fait noir et je ne vois plus rien - à cette lettre, semblable à un endroit douloureux. Une douleur qui me pousse comme une pointe, me repousse. Je touche la lettre. J'ai sur la main une entaille, presqu'invisible, et il est peu probable que la lettre l'ait provoquée. Le battement dans ma tête, à gauche, recommence, s'amplifie. Je me détourne. Le sommeil est aussi résigné que la douleur aiguë. La flèche coupante est votre nom écrit par cette lettre. Je continue en rêve. Je cherche l'origine de cette entaille. Je suis certain que c'est mon nom que vous avez crié.

« J'ai peut-être crié, mais cela ne te regarde pas. »

Tu te blottis à droite, ce n'est pourtant pas ton côté. Tu me détestes dans ton sommeil. Tu cries à nouveau. Cette fois, le cri est intelligible, pareil à un aveu noir. Je cherche dans le noir une prise, n'importe laquelle. Tu n'es pas là. La lumière ne change rien. Elle me procure ce peu de temps identique à la terreur, mais avant elle. Je déplie un morceau de fer, un trombone déjà cassé, le replie, y vois une lettre, touche l'entaille de mon doigt avec, le fais saigner. Le battement à ma tempe est si régulier qu'il pourrait être entendu. Je l'écoute, c'est un bruit violent et extérieur. Une voix parle en écrivant à grandes lettres sur une ardoise.

Une voix qui s'efface aussitôt, puis écrit d'autres paroles, plus grosses, plus urgentes encore.

Parfois il semble que l'histoire tout entière, avec sa malédiction, est venue se lover en ce lieu précis d'un homme à partir duquel le mal va gagner. Je vois les lettres sur l'ardoise, mais il y a trop longtemps, je ne peux rien déchiffrer. A cause de la poussière des craies, l'ardoise est maintenant d'une matière sur laquelle on peut écrire avec l'ongle. Tu étais déjà là, quand il écrivait. Je n'ai su que plus tard que tu pourrais un temps faire écran, me protéger en somme. Je suis obligé cette nuit de chercher le sens des grandes lettres, elles sont hâtives, blanches puis grises. Je n'en retiens que la hâte. Comme si ma propre main écrivait, puis effaçait la même et vaine demande. L'odeur de la maison remonte abstraitement dans mon front. L'armée des piliers noirs s'est-elle remise en marche ? Elle rejoint la cheminée, s'en éloigne, puis la retrouve sur la route du retour. Les battements s'accélèrent, cette fois désordonnés, ils rebondissent dans une chute. J'essaie de respirer, cela m'est difficile et douloureux. L'odeur n'est pas celle de la cheminée.

Mes ongles dessinent sur le mur des signes et des lettres qui semblent ne pas m'appartenir. Aussi invisibles qu'anonymes, les signes les plus vrais.

Il n'est possible d'avancer qu'en effaçant ou détruisant les traces, afin d'être certain qu'il sera impossible de reculer dans un de ces espaces construits en enfilade. Ainsi je produis, peut-être, une généalogie, la rendant à la seconde amnésique. Cette amnésie seule peut équilibrer votre absence. Produire une ligne droite, horizontale. Ni la tendresse ni la pluie ne peuvent me restituer le matin. Il faut chercher ailleurs. Vos mains humides me manquent, le ciel est blanc. Elles me manquent comme un lointain. Il ne faut plus que je me fasse d'images, même l'image qui anéantit les images. J'ai presqu'envie d'enlever les mots à l'ordre des phrases, de garder une invisible syntaxe qui serait la seule équivalence. Une fabrication d'équivalence, par effacement. L'équivalence qui ne s'écrit pas de la lettre de votre cri, mais peut-être de sa détermination, de sa violence retenue, silencieuse.

« Je n'ai pas crié. »

Cinq cygnes vont immobiles vers une même direction, contre le vent : il y a derrière eux une ligne de roseaux. C'est l'ennui d'un dimanche, et au premier plan les galets se mêlent aux roseaux et aux branches échouées. J'ai chaud sous ce manteau de laine boutonné trop haut. L'eau fait un bruit gris et léger. Je suis au bord de l'eau et vous regarde dans une semi-indifférence. Vous êtes restée au fond de cet après-midi, discrète autant que présente, je ne m'intéresse pas encore à vous, mais je sais quand vous me regardez. J'éprouve alors une tristesse incroyablement douce, et qui très vite m'envahit, telle la présence d'un extérieur immense, lointain et attirant.

J'arrache aux branches de roseaux leur écorce comme si je les épluchais, ils ont une peau verte et tachetée. Je me déplace un peu, cela fait un drôle de bruit sous mes pieds. Mes doigts sont verts et humides, j'ai besoin, je ne sais comment dire, que vous me preniez la main. La sensation de froid augmente, je sais que mon manteau est humide et la tristesse plus précise que la douceur. Je serre vos doigts muets ainsi qu'un petit enfant le ferait, puis je respire les miens, ils sentent la noix verte. Les bruits entre l'eau et les roseaux se multiplient et m'inquiètent.

Je sais que votre présence, cette odeur sont - comme ce dimanche - ce qui hésite et ce qui marque la frontière. Les roseaux se penchent plus et le vent siffle entre eux. Cette couleur indéterminée et grise me captive, elle est un peu votre regard. A mes pieds quatre roseaux secs se rassemblent en un point et indiquent les points cardinaux. Je sais que la géographie n'en est pas exacte, mais ils font, pour moi, comme si. Une odeur s'ajoute à celle de mes doigts, âcre. Le vent l'apporte. Une odeur pareille à celle d'un charnier, ou seulement d'un animal mort, probablement un oiseau. Je m'éloigne vers vous comme pour échapper au reste et ne garder que le gris et l'odeur de mes doigts. J'admets difficilement qu' alors vous ne soyez pas là. J'ai hâte, et peur pourtant, que ce dimanche finisse. Il est le mot pour l'extérieur. Je vais bien trouver un objet qui se substitue à lui, le résume, moins l'immensité. J'ai au fond de mes poches quelques pierres plus lisses et plus plates, plus petites aussi que celles que je tiens dans ma main l'été, quand je marche et que j'ai peur. Ces pierres plates servent à être jetées dans l'eau. Elles sont confusément, vous le savez, le signe de votre absence.

Nous sommes rentrés, derrière la fenêtre tout est tracé trop nettement. Il doit faire froid.

Je me retourne vers vous, étonné de l'objet noir, froid et lisse que je tiens dans ma main droite. Un objet qui ne m'intéresse pas, mais avec lequel je joue. J'ai envie de m'allonger sur vous, puis de poser ma tête sur votre ventre. La brume ou une lumière créent derrière la vitre une atmosphère rose — presqu'irréelle. La pièce dans laquelle je suis au milieu des autres est, au milieu du monde, une cache (à ceci près que la fenêtre peut me trahir). Je sais que vous ne viendrez pas et je suis triste d'imaginer où vous êtes. Cela me rend cependant la part absente de la douceur. Il suffit peut-être que j'insiste, d'une façon ou d'une autre. J'imagine que la brume au-dehors fait un cercle, que le monde est rond. Les rues sont désertes.

Il faut produire l'objet qui permettra de tout détruire. Celui qui concentre votre présence, et aussi la relate. Peut-être qu'en mettant de l'ordre je vous retrouverai, non pas en tel signe, mais en cette évidente répétition du même que je peux incurver en me persuadant que vous étiez là depuis toujours. J'aimerais dater ce toujours.

Une sorte de froideur montait parfois en vous, semblable à la colère et absolument silencieuse. Vous vous en aperceviez très vite. Elle coïncidait avec ces moments où je vous appelais, vous suppliais. Elle était l'expression que ce que je vous demandais était impossible. Elle était une colère d'impuissance, de révolte encore muette.

Ne t'en va pas. Ne sois pas fâchée. Je sais que je « dépasse les bornes ». Cette expression est absurde. Vous êtes ma limite. Le point aveugle de chaleur et de violence où je peux m'anéantir.

Les objets - sauf celui qui me permettra de tout détruire - sont au bord du jour, saturés de présence et d'immensité. Ils sont lointains et colorés. Le monde qui commence est impuissant et silencieux, au bord d'un rivage, où il va se perdre. Tout ce qui gardait un sens est menacé par cette tonalité grise qui est là et imperceptiblement va l'envahir. Les objets se sont rassemblés devant ce péril et, muets, veulent parler. La phrase grise interrompt tout, je la regarde. Plus le monde des objets est précis, plus il s'éloigne. Ce qui est derrière moi est effacé mais reste dangereux. Je me retourne parfois, inquiet de l'affolement et de la stridence qui continuent, peut-être aussi pour voir si vous ne descendez pas la rue pour me rejoindre. De l'autre côté il y a une horloge gigantesque, dont l'heure est évidente. Elle est le seul objet qui s'accorde au fleuve.

Si, comme à Robinson, un bateau venait tout me rendre, il manquerait, je le sais, la lettre de ton nom que tu m'as repris dans le sommeil. Et me reprend toutes les nuits un peu plus. Je me sens aujourd'hui indépendant de toi, parce qu'à cette heure ma dépendance a dépassé toute limite. Elle a retrouvé son point d'origine.

Un orage plus grand que le fleuve a ouvert un espace différent. Le vent m'apporte une odeur de feuilles mouillées, familière et nauséeuse. L'eau claque régulièrement contre la berge. Je suis assis sur une poutre. J'ai la sensation pénible et grammaticale que je n'ai plus de présent. Cette perte s'ajoute à celle des repères. Je n'arrive pas à comprendre en quel temps se passent mon impatience et ma résignation. Il me semble que l'eau monte. Je regarde l'horloge et, malgré les mois qui nous séparent et nous séparent de cet endroit, je ne sais pas si vous devez ou non me rejoindre. Si tout cela est vrai ou ne l'est pas. Le ciel est blanc. J'ai chaud. Il y avait d'autres endroits que cette lumière éclairait, toujours la même et évidemment extérieure, une lumière de salle d'opération. Dans un rêve je marche, le paysage est portuaire, entrecoupé de grues et de scialytiques l'eau est verte et suit un plan concave, une femme me tient la main. Nous nous dirigeons, je ne sais comment, peut-être marchons-nous sur l'eau, vers un palais de brique rouge. La lumière est aveuglante. Quelque chose à nouveau bat contre ma tête comme dans une forge.

La fièvre va rejoindre la peur qui sommeille dans l'ombre tel un cheval ou un ouvrier. Une fièvre où le monde va s'accélérer, se replier sur lui-même, peut-être crier. Un cri proche de celui que vous niez et semblable à ce mouvement. Pour l'heure, la peur est seule et rôde, en attendant. Elle est soucieuse et diffuse, se glisse entre les herbes, évite un mur ou patiente près d'une poutre. Le jour monte entre les ombres qui bougent au mouvement du vent. Vos épaules se couvrent, les herbes se couchent. Ma main prend la forme de votre front. Autant que la peur vous implique à la seconde où elle s'annonce, la fièvre me donne l'illusion de votre proximité. Vous me poussez d'un coup de tête semblable à un faux mouvement, brusque, émouvant et tendre. Vous êtes toute dans ce geste qui refuse et demande. Un geste d'animal, concerté, timide et précis. Ce geste est de moiteur et de froid, il confond les lieux et les saisons, ne laisse place à rien. Ce geste sans vous me revient, mais est à vous tout entier, dans l'espace rectangulaire et abstrait de l'exil.

Il se réfugie au bord gauche de la page. Une mouche de craie, à la même place, hésite. La fièvre monte, tourne autour de moi, me rend l'instant plus difficile. Je ne m'en accommode pas. Je suis sûr qu'il n'y a de réel ou de vérité que là où nous le tenions ensemble, à la fois séparés par l'effort pour le prendre, et réunis en lui. La flèche de votre nom se multiplie par une empreinte ou un écho. Vous quittez la marge à gauche, l'espace est blanc et meurtri. Vous devenez l'épée de votre corps, affirmée pour vous anéantir. Une force vous prend une seconde fois, vous emporte en un temps et en un lieu où je me refuse à admettre que vous soyez sans moi. C'est cela que signifie la fièvre. Elle signifie cette trahison. Elle manifeste ce qui en moi n'admet pas que vous vous apparteniez. Je demeure auprès de ce refus, peut-être en lui. J'ai la conviction que vous êtes vivante et que vous vous êtes endormie. Je ne sais si je ne préfère pas l'autre douleur à celle-ci. Du moins est-elle assignable. Vous n'êtes pas morte. Je dessine un autre cercle, mais cette fois très précisément, de solitude.

Cette nuit, un autre rêve, aussi proche et présent que celui d'il y a deux ans. Je vous retrouve dans la ville où je vous ai quittée. Je retrouve votre corps, plus mince mais semblable. Nous croisons, en revenant d'une promenade sur les canaux, un cortège, que nous suivons parce que le nom du mort m'est familier. Nos corps marchent et ne forment plus qu'un corps gris. Je chancelle et c'est votre chair qui doucement me soutient. Des visages terrifiés, en gros plan, avancent. Ils sont inconnus mais ont tous quelque chose en commun. Le passage de l'eau me fait lever la tête. Je ne rêve plus. Je m'accroche avec tristesse aux couleurs avancées de la saison. Le rêve succédant à un autre, je n'aurais pas dû me rendormir. Nous avions parlé longtemps et le rêve s'est interrompu sur une phrase dite à voix mesurée. « Je m'endors toutes les nuits à côté de lui ». Le jour rend ces rêves égaux et je préfère ne pas savoir quel rêve est un cauchemar. Ils sont le même et du possible séparés. Je reviens au jour et cherche les visages autour de moi, n'en identifie aucun, devine ce qui leur est commun. La lumière, bien qu'un peu grise, est plus aveuglante encore qu'hier. Je sais qu'aucune lumière ne mettra fin à cette lumière, pas même le rond électrique des nuits. La tristesse trouve son souffle, mais est sans mémoire ni récit pour l'épauler. Je suis le corps gris du rêve, noué sur lui-même et malade de ce qui lui manque. Un corps de cendre au jour, au grand jour. Surpris progressivement par la lumière. Un corps enseveli de lumière, anéanti, et dont la forme immobile, coulée en plâtre, mendie des bras et des mains, des jambes et des hanches, du corps tout entier votre corps disparu.

J'imagine des contrées où ce jour serait un scorpion que le regard voudrait secouer. Il ne tombe pas, ne lâche pas prise. Une menace faisant oublier tout autre danger. La menace qui hypothèque chaque geste, et détaille tout, rend le monde à une chirurgie vaine, jusqu'à ce que sur le dos il se débatte et résiste, violemment immobile. Cette menace est l'image qui passe, en vrai ou en rêve, jusqu'à ce qu'elle ne passe plus, et revient si vite que rien ne peut entretemps advenir. Elle est l'image faussement fixe qui revient sur fond de nuit ou de désert. Elle gagne, comme le désert du fond gagne, comme en cette lumière la nuit gagne. L'image monte en rêve puis s'arrête. Je secoue la tête pour la chasser du regard, mais elle ne tombe pas. Elle est l'image sans image qui ne raconte aucune histoire, et qui au fond ne vient même pas du désert ou de la nuit. La lumière anéantit le vent. J'ai l'impression que mon corps s'enfonce dans le sable, ou que la masse sableuse va, pour rejoindre cette lumière, à mon tour m'anéantir. Je me débats, mais dans le vide.

Autour l'espace est un dessin dont les couleurs absentes sont à la mesure de la fable qu'il laisse voir. L'image est une histoire écrite, à droite, en bas. Une autre occupera le même espace, s'arrêtant aux mêmes endroits pour hésiter, ou avoir peur. N'importe quelle histoire ? Une histoire après les dieux, qu'ils auront désertée pour laisser les places vides, et où les couleurs et les mots viennent prendre place. Les images sont les indices de la séparation des corps, quand le corps solitaire se débat.

« Ecoute, il faut prêter attention à tes paroles. »

Ce vide est tout rempli d'elles. Il fallait peser chaque mot. Au pied de la table de travail, il y a le plateau d'une balance et une chaîne, une équerre, une mesure ; à côté, sur la seconde étagère, assez près du sol, un sablier. En équilibre instable, un rien pourrait produire sa chute, il est ancien, construit de bois clair, surligné de rouge. J'essaie de me souvenir. De l'endroit où je suis, je vois mal. J'ai l'impression que le haut et le bas ne communiquent pas : que ce sablier est fait de deux boules de verre étrangères l'une à l'autre.

Une coupure longe une ligne de ma main, une crevasse qui s'ouvre et saigne. Je trouve parfois encore, en faisant passer des pierres et des morceaux de verre d'une main à l'autre, au milieu des poussières et du sable, une étoile, sans l'espoir de la donner. Je me dirige sans savoir vers un lieu où tu pourrais être. Ce sablier m'intrigue, il ne peut être un instrument de travail, à moins que tout simplement une des barres de bois peintes ne m'interdise de voir le goulot où le sable peut passer, mais je ne crois pas.

Pour chaque objet, le doute gagne. Tout est envahi par la fumée et son nuage. Ce qui brûle est un lit entouré de colonnes que l'on voit comme un temple. Ce qui brûle ne brûle pas, n'a pas de flammes, fume d'une fumée épaisse, noire, asphyxiante.

Je comprends que ce tombeau où le feu se consume n'est pas à l'intérieur d'une maison d'où je pourrais m'échapper. Une humidité froide monte du sol. Elle est noire et la fumée grise. Je tousse. Cela me semble d'une couleur verte. Le sol, peut-être. Je sens glisser au-dessus de moi le ventre blanc d'un oiseau.

Les colonnes sont celles d'un lit. La nuit gagne d'une autre manière, lentement, par contagion de la fumée. Est-ce le même lit que le lit du rêve, le lit de tous les sommeils et du désir, où toutes les images dans la nuit n'en font qu'une ? La fumée est plus épaisse et m'entoure comme un manteau, elle brûle, elle est un vent lent et noir. Je m'entends dire, malgré moi, ton nom, non pas sa lettre coupante mais ton nom en entier. Comme l'on respire. Si nous étions dans une maison, les portes seraient barrées, les fenêtres condamnées. Tout effort est inutile. C'est cela : je dis ton nom pour appeler. C'est la gorge serrée par la peur que je peux, et seulement alors, dire ce nom. Je revois les lettres sur l'ardoise grise, les mots s'y organisent et s'effacent à la seconde où je crois en comprendre la syntaxe. Ils sont dans la fumée des lignes blanches. Tout est intact, et tout est menacé, condamné, et sera anéanti par la fumée qui progresse à ma suite, entourant chaque geste et le vouant à un ralenti de fantômes. C'est pourtant une fumée sans vengeance. Elle est l'épaisseur du vide qu'à l'instant avant de voir ce sablier, j'avais ressenti. L'incendie est venu ensuite, étranger semble-t-il à cette image, et pourtant, je ne saurais l'expliquer, implacablement lié à elle. La fumée décrit autour de mon corps l'énergie mortelle, la brûlure, l'épaisseur du vide.

Je ne sais si les formes de fumées, tels des nuages à terre, entourent des étrangers ou des proches. Je l'ignore mais vous êtes peut-être là.

Je sais que tout récit est malheureux qui est obscurci par la prétention d'une issue. Il y a les apparences, les fantômes. L'ombre des fantômes. Leur fumée. C'est un récit qui ne porte que cette fumée autour de lui. L'écho sombre, le dessin du vide qui confondra votre voix avec une autre, puis toutes les voix ensemble, puis ma voix avec elles, quand elle redira votre nom.

La voix qui raconte parle d'une tombe qui fume à nouveau parce que quelque chose a tremblé, que le ciel a tremblé. Aucun enfant n'a échappé à l'orage. Aucun enfant ne devait y échapper. L'entaille de ma main se ferme, cicatrise. Les morceaux de verre sont polis, opaques, secrets, et de couleur changeante. L'image de l'eau lorsque je les touche me prend, égale et étrangement semblable à la fumée, mais localisable, peut-être à partir du temple. Elle dessine une ligne qui capture celle que l'on nomme ligne de vie. Il n'y a pas d'enfant, pas de dieux, seulement cette couleur verte qui monte du sol et répond à la fumée. Autour du temple tremble l'angle droit de la fumée et de la terre. Je redis votre nom, cette fois sans m'en étonner. Chaque instant devient concret, comme la partie de ce pan de mur, qui se défait, ligne par ligne. La nuit n'est pas absolue, l'ombre des fumées cherche la terre ou l'eau, rampe et semble solide, devient solide et lourde. Précisément, de ces ombres, les fumées prennent une forme approximative, mais toujours la même, elles me cernent, prêtes à se jeter sur moi. Elles se sont emparées de vous, vous ont tenu les poignets et les jambes, tiré en arrière la tête, par les cheveux. Peu m'importe le danger, puisque cette menace me permet de vous voir.

Elles vous collent contre le sol ; cette fois, je le sens, il est de feuilles pourries et de mousse, marécageux, je respire son odeur âcre. Elles vous tiennent les épaules et les plaquent contre la terre.

Puis se resserrent et forment un écran qui m'interdit de continuer à vous voir. J'écoute. Une eau stagnante fait un bruit comme une ligne invisible entre les fumées et leurs ombres. Elles se penchent violemment sur vous, alternativement, puis toutes ensemble, et font un seul corps de nuit, pareil à un corps d'homme. Elles tirent sur vos jambes et vous interdisent de crier, vos bras sont attachés par les lierres qui poussent au pied des arbres.

Ils trouveront des cendres et quelques pierres de verre à cet endroit. Ils diront : c'est un lit, c'est un temple, et ils attendront que la terre tremble, que le ciel s'ouvre, que les ombres se dressent à nouveau comme des fumées. Je vois, derrière les fumées et le long de leur ombre, la terre s'ouvrir. Tout près, un bruit comme la chute d'un arbre. J'essaie de traverser l'écran noir pour vous rejoindre. J'entre ainsi, sans retour, dans la nuit. Il n'y a plus à chercher le sens du vent ou l'origine de la lumière ; la fumée est partout. J'imagine qu'elle a un périmètre et je le vois carré. Un carré surélevé à quelques mètres du sol, au-delà duquel le vide est blanc. Le vide laisse place à cette eau verte lorsque je cherche et touche les tessons de verre.

Il n'y aura donc pas de récit, seulement des espaces, aussi impossibles les uns que les autres, aussi indéfinissables. Il est inutile d'essayer de les lier dans le temps. La seule énigme est que ces espaces vous dissimulent. Je n'ai pas encore compris comment je pouvais, en cette absence de récit, passer de l'un à l'autre. Les branches me cognent le visage, l'eau coule entre mes jambes ou la fumée m'étouffe, tout effort est inutile, quelque chose toujours me rejoint, un malaise de feuillage, une lumière blanche, un malaise directeur, sans géographie.

Si c'était un récit, ce serait le récit d'un prisonnier. Une situation en chasse une autre, et pourtant elle est la même. Une ombre court vers un porche. L'incendie est à proximité de la ville et le socle du lit construit de colonnes effondrées.

Les cailloux verts s'ajoutant aux autres pierres font un chemin jusqu'au tombeau. Ce n'est cependant pas un récit. Il n'y a pas de nom, ni ange, ni dragons, ni pages du désert. Il n'y aura plus, il n'y a pas eu de récit, ni même de dessin qui en scellerait l'image en en reproduisant les lignes, leur affrontement ou leur songe.

L'épaisseur géologique de l'espace, les moments du palimpseste ne seront pas consignés.

Seule la bouche venant du fond fait un son rond et les cercles en écho conduisent à son origine.

L'oiseau se pose Son ventre est immobile au-dessus de moi, à moins d'un mètre, près d'un balcon dont les balustres en gaine une fois sur deux sont à l'envers.

Sur chaque métope il y a une scène de guerre, un supplice, l'affrontement de deux forces aussi peu contraires que possible. Je vois un nuage rouge comme une tache, j'entends un pas et l'envol brusque d'un oiseau. Les arbres se croisent, plus jamais ne l'enlacent, un jeu de lances règle leur coupe.

Souvenez-vous de vos mensonges, des admirations que l'on vous avait apprises, et des fausses mesures, des justesses d'emprunt, du parler bas. Vous étiez parfois votre contraire, vous regardiez vers ce qui est le contraire de ce qui s'efface, vous pactisiez avec ce qui rassure, qui affirme et qui se voit quand on dispose des clefs et des cours. Et cela en moi luttait, luttait contre vous. Lutte encore contre le vide dont je fabrique le cadre à bout d'allégories, de signes, de planches blanches et de galets. Celui de votre absence. La lumière ne se laisse pas prendre au vide. Il ne va rester que les coquillages et le bois, les rêves et les jours, leur sable.

Il faut être de ceux qui recueillent les jours comme du sable, les mois, les années. J'ai écrit sable pour tableau et tableau pour image. L'image que j'emporterai. L'image qui échappe aux images. A vouloir la cerner, je l'ai rendue cette fois impossible. Pour y accéder, il faut enjamber trop de couleurs, ou toujours la même ; trop de signes ou leur déclinaison ; trop de mots ou leurs analogues. Le cadre est démesurément grand, et chaque ligne ajoute, ajoute et étouffe. Par instant, j'hésite sur le sens de la progression. Je crois m'approcher d'une définition de ce vide, et je m'en éloigne, faisant une figure dont la géométrie répétée disparaît sous le poids des métaphores. Je peins à côté, j'encercle le tableau impossible : la première lumière. Et suis encore aveugle de vous.

Je n'apprends rien sur ces fragments qui composent le cadre, si ce n'est la rémanence de la forme qui semble les engendrer. Je n'apprends rien sur les jours que je compte. L'enroulement ne m'indique rien. Je remplace une image par une autre, à défaut. J'écoute. Le silence est autour de moi inverse et égal à ce cadre autour du manque de vous.

Je ne suis pas certain de me souvenir de ce que les mots pourraient dire, tu as trop tardé. Les mots qui construisent, les mots de fondation. Les mots sûrs, des cercles tracés d'une main sûre, sans repentir, ni approximation, ni l'hésitation que j'aurai ce soir à les dire. Si je relie fictivement vos mots d'hier à mes mots d'hier, je sais qu'ils étaient les mêmes. Autant que votre silence est semblable aujourd'hui à mes efforts. Veillez sur moi encore un peu. Laissez-moi l'illusion de votre veille. J'ai besoin de ce silence pour finir. Il est la page noire, symétrique et aveugle du désir. Les tâtonnements, les fragments de phrase, les méandres sur le sable sont des gestes perdus, interrompus et sans objet. Je construis à partir d'eux la phrase concentrique de votre absence. Une phrase chaque jour répétée et presque chaque jour consignée, dont je ne sais toujours pas le sens. Il faut qu'il soit décidé pour moi que cela doit cesser. Sinon cela n'aura pas de fin. Je sais des mots au centre de votre sommeil, pour remplir de chagrin toutes les nuits à venir. Je sais la respiration qui à peine soulève les jours qui commencent. Il suffit. Les coquillages et les couleurs assemblés sous la fable d'un titre valent mieux que cet envoi sans trêve. Toute phrase est fautive. Je broie au creux de ma main ce qui reste et le serre jusqu'à la poussière. Le sable glisse sous mes ongles.

Celle-ci est l'avant-dernière lettre. La dernière sera construite, jour après jour, de l'ensemble des vôtres. J'effacerai ou noircirai de chacune mon nom, ou ce qui me nomme. Cela constituera, en dépit du temps qu'il me faudra pour vous les rendre, son unité.

Je vois encore une image au bord d'elle-même, dans l'oubli de la corniche, et la découpe de son espace pour la comprendre. Toile lune ou soleil, chaîne et trame, qui règle la nuit et le jour. Je vais déchirer cette toile et me suspendre à son fil, pour mettre fin à cette mantique. J'écrase du talon le corps noir comme s'il s'était échappé de votre sommeil, avec une sorte de crainte, et l'espoir de provoquer la mort de votre corps endormi. Je ne veux rien savoir et ne plus rien imaginer.

L'envoi sera dépouillé d'images et de précautions, afin de s'épuiser de violence et de sécheresse. Je sais le moment où le monde va basculer. Le contour est compromis, je brise la vitre absente que je requiers. Que la toile soit défaite ne suffit pas, ni la maison détruite. Je veux interdire toute hypothèse de reconstruction. Je veux casser le schème. Dès lors les mots vont agir vers le centre, les cercles concentriques se rapprochent de lui. Il faut que tout fragment, projet, symbole conspirent à l'anéantissement de ce vide. Il faut qu'aucun espace ne puisse abriter l'écho de votre cri ou la lettre de votre nom. Je ne veux plus vous laisser de place mais encombrer le jour. Pour qu'aucun vide ne vous aimante, la progression des objets sera accélérée. Ligne après ligne, la destruction se fera par le comble. Vous serez murée, emmurée, prisonnière, puis oubliée. Le moment de la décision, la victoire du malheur. Maintenant je sais où je vais. J'irai vite.

Le présent rapetisse, sans pour autant être le médaillon d'un détail ou d'un signe de vous.

La terre n'aura plus de bord, le monde plus de sens, et le vide que je rencontrerai, je le nommerai de son nom réel d'abîme. Les mots iront d'est en ouest, gardant les jours dans leur durée la plus longue, avant que le centre ne disparaisse. S'il reste un orient, c'est pour que je m'en éloigne, ou, sur place, que je le nie. Mes yeux s'épuisent, j'interdis à un signe ou une quelconque image de vous d'abuser de leur fatigue. Ne croyez pas que la destruction puisse encore se satisfaire de métaphores. Mes yeux qui se ferment, s'ils se ferment sur vous le refusent. Il ne suffit plus de vous voir laide, ni d'être aveugle, dans cette nuit qui vous tiendrait tout entière. Le soleil de novembre est perdu. Il m'est indifférent que vous ayez froid, indifférent que vous vous réchauffiez. L'ombre s'allonge, une pierre est là où était votre présence, la glycine refuse de s'y enrouler, et part obliquement. Je reconnais l'arbre en mangeant une de ses feuilles, et l'ombre à la tristesse de la saison qui revient, identiquement triste. Les mots bientôt seront là où la terre finit, où commencent les salicornes et l'envie de mourir.

La terre est presque morte et une mousse sèche couvre la pierre. La même mousse couvre le sol et le pied de l'arbre, monte le long de son tronc et trouve le soleil de face. La terre et le ciel d'une certaine façon se touchent, et la terre touche à sa fin. Les salicornes sont noires. J'ai autant de mal à les toucher de la main qu'à gratter la mousse des ongles. Il faut que certaines heures cessent d'être les vôtres, liées à votre vie, à vos rythmes ; la nuit, d'être liée à vous tout entière, et jusqu'au sommeil, faite d'appels. Avant la fin le livre doit se fermer, aucune image ne me conciliera plus, l'appareil de la page est d'avance fissuré. J'arrache l'arbre qui poussait entre les pierres verticales. J'oublie les remparts, l'attente et les mois à venir. Vous êtes fardée, gardez votre masque, votre silence, vos conditions, vos cautions, votre passé, votre bienveillance, vos alliances, vos biens, votre mesure, votre tranquillité, vos promesses, vos mensonges, votre maison, vos opinions, vos goûts, ce que l'on vous a appris, ce que vous avez protégé, ce que vous avez perdu, vos lettres, votre regard, vos gestes, votre solitude et le mal qui vous prendra. Vous aurez peur contre un autre. C'est un autre nom que vous direz. Le travail d'effacement et de rature peut commencer. Je retourne la lettre de votre nom contre moi.

Ceux de la plaine ont appelé ce passage le Mauvais Pas. Dans la lumière d'un midi noir j'entends les pierres que le corps emporte. Le jour était superbe, le livre se ferme sur vos genoux. La veille, avant de dormir, j'ai sans y croire prié pour que ceci n'advienne jamais. Les pierres sont coupantes et chaudes de soleil. La prière s'est retournée.

Vous marchez devant moi et n'êtes inquiète de rien, toute à vous-même vous mesurez vos gestes. Nous sommes séparés, je le sais aujourd'hui, par cette absence d'inquiétude. Je n'ai pas souci de vous. Votre souci va ailleurs, vous me le refusez. Il vous emprisonne quand je vous l'impose. Si votre corps tombe, je le suivrai, mais je ne sais plus pourquoi. L'on me réveille et l'on m'explique que quelque chose est arrivé, qu'il faut partir vite. Je comprends seulement que le temps que la nouvelle nous parvienne, ma prière a en fait suivi la chute. Elle ne l'a donc pas provoquée. Ce qui est écrit ne m'était pas adressé. Des montagnes dont les sommets ont une forme de A m'entourent, et la neige s'étend le long de leurs pentes. Je sais qu'ici ce paysage coupant est illisible, il est pourtant le plus précis et le plus ancien. J'ai du mal à ne pas lire la montagne du passage comme ce lieu blanc que d'autres montagnes encerclent et mettent en quelque sorte en évidence. C'est encore une façon de vous voir ou de vous chercher que de définir ainsi l'espace. Jamais la lumière n'est montée si haut. Je n'ai pas rêvé ce que je vois. J'ai peur qu'il ne reste que le mal, vous êtes tombée et je ne l'ai pas vu. Il est trop tard maintenant pour vous suivre.

II

Je ne me souviens pas des jours qui suivirent. J'imagine qu'ils furent ceux qui succèdent à la nouvelle d'une guérison ou d'un sursis. Les nuits durent être sereines. Votre visage cessa d'être celui de l'absence et le manque fut rendu à son indéfinition. Ce manque était là avant. Vous ne l'aviez jamais comblé mais lui aviez seulement prêté votre visage. Et quelques gestes. J'avais enfermé ces gestes dans l'espace précaire où le désir rejoint l'absence. De cette absence j'ai dessiné l'allégorie. Maintenant je m'habitue à l'abstraction. Ce qui manque et me fonde n'a plus de nom, parfois encore un signe me fait confondre une silhouette avec la vôtre.

Ma mort aussi s'est démultipliée et a regagné ses hypothèses. L'effacement de votre nom coïncide avec l'effacement d'un nom précis que la mort pouvait prendre. Le manque et le désir deviennent indéfinis. La mort est plurielle.

« Elle » n'est dès lors plus vous. Je viens de perdre la perte. Je nomme autrement le manque de son nom vide. Si je persévère à m'en faire l'image elle ne sera plus une image, ni même l'image vidée des images. L'oubli de l'adresse est plein de danger. « Elle » est le monde de l'action. Il ne faut pas entreprendre d'inventaire, donner d'ordre aux anamnèses, ni se faire de décors. Ces jours passèrent vite. Ils eurent un caractère d'instant et je ne peux les compter.

Le bâton que tenait la jeune femme est maintenant contre le mur. Son ombre fait un triangle. Ce qui s'est passé y est inscrit. L'homme s'éloigne, il porte une veste rouge et marche sans se préoccuper de ce qu'il quitte. Il ne se retournera pas. Il fixe le point d'obscurité symétrique à la perte. Il mesure ainsi la distance qui l'en sépare. Il est entre ce point au fond de la nuit qui le fascine et cet autre où elle est pour lui. « Elle » est le nom désormais de ce qu'il quitte. Elle a les épaules couvertes et le ventre nu. Le linge blanc glisse de ses épaules. Son regard rejoint le point de nuit et trace un arc sous lequel marche l'homme. Il a les pieds lourds de terre. Elle est la mère aux yeux noirs et à l'enfance effacée. Nue maintenant, tremblante dans la nuit qui s'achève. Si elle se lève ce sera pour marcher à sa suite mais comme à sa rencontre. Si elle pleure et si elle hurle au matin personne ne l'entend. Elle est grande et belle de solitude, une tache jaune sur le front et le bras lent le long du corps quand elle marche. Elle est la douceur oubliée, la seule douceur d'avant la violence, et porte le nom unique qu'il n'aurait jamais fallu redire.

Le souci n'est plus le souci de quelque chose, il a seulement dans ce matin qui monte des couleurs que je sais différentes. Une barre grise gouverne l'horizon. je ne lui donne plus de nom mais la reconnais. Elle pèse sur l'homme et la femme aux yeux noirs. Dans l'espace elle les réunit en cette peur qu'ils éprouvent ensemble et de la même manière. L'un pour l'autre. Le monde peut à chaque page se fermer.

Entre deux barrières blanches qui ouvrent une route de terre battue. Une enfant qui ressemble à la femme est debout, droite, les mains dans le dos. C'est vers elle que l'homme marche sans le savoir. Les arbres sont hauts et ne laissent pas voir le ciel, elle porte un gilet fermé et ses jambes sont serrées l'une contre l'autre.

Elle est le seul bien et le seul monde et j'ai peur qu'un souffle, un mouvement dans les herbes ou un bruit sur la route ne l'effraie. Elle doit rester là où elle est, immobile, silencieuse et un peu absente. Elle est l'enfant unique du jour. Tous les autres noms même le dernier furent des mensonges. C'est son enfance à elle et aucune autre que j'ai choisie, et qu'elle m'a donnée. La femme est derrière l'homme maintenant, proche et prête à l'appeler. Il se retourne, le matin des fleurs blanches. Leurs yeux se confondent et ne risquent plus rien. Le monde à côté d'eux commence, sous la barre grise qui ne pèse plus que d'une couleur d'orage.

Je l'ai regardée longtemps, elle s'était en dormant découverte, j'ai remonté les couvertures le plus haut possible, afin que seul son visage me soit visible. Sous les draps et les deux couvertures, elle n'avait plus de corps. Elle était, c'est ainsi que je m'en souviens, l'enfant du parc et la femme qui m'accompagne.

Le vent creuse entre les arbres une phrase jaune. Elle parle de ce qui n'adviendra pas. L'enfant a disparu et la femme est couchée contre la terre. Elle respire lentement et son visage est le seul. Son visage que je ne veux pas que le temps prenne. La terre est rouge. Les mots me fatiguent, je veux un mot équivalent à ce visage. Un mot à tenir dans la main. Le dernier mot que l'on dit et que l'on entend, et qui est le même. Des hommes marchent dans le parc. Dans l'allée les branches tombées et les feuilles couvrent la terre.

Serons-nous ensemble quand j'aurai oublié la route où je pouvais croiser ce que je ne nomme plus ? J'ai préféré à la droite les rues obscures en croyant voir encore des ombres de retours enlacés et frileux. J'ai croisé ce soir-là des visages insensés, un homme apostrophait les objets, un autre marchant vite faisait de la main gauche le geste d'un moulin et chantait la même phrase. Plus loin avant le numéro de cette rue où la peur trouve son nom, un groupe couché sous un porche organisait la nuit. Le numéro écrit à droite en lettres d'argent : je passe vite. Personne ne me suit et je ne croiserai plus personne. Je rentre. D'un mot à l'autre, d'une porte à l'autre, entre les pages dont les images sont épuisées, je cherche où commence cette phrase dont l'adresse s'est retournée. L'enfant immobile a condamné les images. S'il en reste encore, elles tourneront autour d'elle ou chercheront à entrer dans cet ordre qui n'est plus le leur, puisqu'une force plus grande, en leur retirant leur destination, leur a ôté la violence.

D'un mot à l'autre, il y a son histoire à elle, que je ne sais raconter, et qui a tout interdit. Je ne regrette pas plus les images que le centre blanc qui en tenait lieu. Quand la nuit venait, j'avais peur qu'elle ait peur. Tout mot très vite est devenu une trahison et l'éboulement, a provoqué le silence. Quand parfois une pierre se décroche encore, je sais qu'elle roulera vite et n'entraînera ni arbres, ni neige. Quand un cheval passe au nord de la ville il est seul et ne me rappelle rien. Il trébuche, se cabre. Les hommes autour de lui se rassemblent. Je ne me mêlerai plus à eux. Je suis étranger à leur rumeur. Il importe seulement que le cheval ne s'approche pas, ne me pousse pas de la tête d'un mouvement sec, comme s'il m'avait reconnu.

Ce qui me réconcilie me condamne. Je ne peux rien sans violence. La fatigue est trop grande pour construire la fable d'une démonstration, je ne peux que descendre vers la ville pour trouver le sommeil et l'organiser de telle manière que l'enfant soit en son centre. Elle est le point de nuit du sommeil, celui qui anéantit le remords, le point de nuit et de retour. Pour rejoindre son enfance je dois prendre part à sa peur et à son immobilité, attendre le jour auprès d'elle. Ses jambes sont des jambes de femme et quand elle me sent à son côté tout son être se tend et se brise, se referme et se donne à la même seconde. Je respire et l'embrasse à peine sur la bouche, elle détourne un peu la tête ou plus exactement me regarde sans que rien ne bouge. Je regrette et maudit ce qui m'a séparé d'elle, qui n'existe plus et m'en sépare encore.

Comme l'homme à la veste rouge je veux partir, je sais cependant qu'entre l'absence nommée des noms de hasard et la douceur immobile, il n'y a rien. Rien qui se puisse construire, ni promenade, ni fuite. Il n'y a que ce présent perdu qu'elle aimante et dont l'exil est définitif. L'image blanche m'a fait perdre la mesure du temps. Elle a obscurci le réel.

Je m'approche d'elle, de son bras elle cherche ma main, je sens son gilet de laine et sa main froide, l'odeur de ses cheveux bruns. Elle me regarde et dans la nuit les étoiles s'organisent et m'apparaissent malgré le feuillage.

Je ne parviens pas à voir ce qu'encerclent les grilles, elles longent un escalier qui descend et se termine en protégeant un groupe en bronze : des femmes me semble-t-il entourent un homme. Devant ces grilles, une femme vêtue d'une robe légère et en face d'elle, de l'autre côté, un homme en uniforme observent ce spectacle, comme s'il devait se modifier. La pente ensuite est plus douce, quatre routes serpentent puis se rejoignent. Le reste de ce paysage est désert. Je sens la rambarde froide qui me protège d'un vertige possible. Le vent est égal à l'absence, entre deux routes un écriteau à l'inscription illisible arrête mon regard il est nécessaire maintenant de donner un nom à ce paysage comme il est nécessaire de retrouver son nom. Ce que je vois et sa présence près de moi sont équivalents. L'une produit l'autre. Je ne me remémore pourtant rien et cette vallée n'est pas liée à un souvenir. Elle est seulement désolée.

Elle me regarde, la tache jaune légèrement à gauche au-dessus de ses sourcils minces me permettra plus tard, je l'imagine de la reconnaître. Une tache comme un nom.

C'est d'elle dont il faut parler. Elle est le seul et le dernier objet du monde.

Il me faut inventer, reconstruire son histoire. Cette vallée n'en fait pas partie. Je n'ai d'ailleurs aucun indice réel, quelques détails, cette tache, des impressions de douceur ou de gravité et une sorte de tristesse contagieuse, l'obligation et l'impossibilité en même temps de m'occuper d'elle. Une tendresse plus grande que le désir mais prête à s'inverser, une tendresse mesurant la violence, l'interdisant de manière précise. Je suis contre elle cette fois et la tiens dans mes bras comme un corps maintenant indivisible. Je dis à voix basse pour elle seulement son nom. Je sens contre moi sa peur. C'est elle qui me protège. Sa douceur est en réalité acceptée, sereine, sans âge, sœur du désir mais plus grande que le désir. Ses cheveux sentent le sable et le jour est à côté d'elle. Le mot jour est le seul nom qui pourrait convenir.

Nous retournerons sur ces lieux à des années d'écart, plusieurs fois. Pour retrouver le jour comme si ce lieu pouvait nous y aider. Nous chercherons des lieux semblables, puis d'autres.

L'espace est interrompu, les cours d'eau coupés par des îles courtes de terre noire, les colonnes tronquées, les murs réduits à leur pan, nos regards ne peuvent pas se croiser. Les façades des maisons sont éclairées par une lumière dont je ne sais pas l'origine. C'est une lumière frontale. Ecrire son mystère serait l'anéantir. Il faudrait au contraire effacer la ville, la rivière, pour ne garder que ce mystère, qui tient lieu de point de rencontre pour nos yeux de solitude. Le ciel aussi est coupé d'éclairs, au-delà de leur grondement. La tempête qui s'annonce est loin encore et toute proche, et la lumière est maintenant où elle arrête son regard. Le jour qui lui sert de nom ne suffit plus. Il faut un nom d'avant le jour pour que le ciel ne nous engloutisse pas. Le projet d'un nom.

Je suis fatigué comme si l'on m'avait retiré une partie de moi-même. Une démangeaison occupe mon corps et toute personne connue ou étrangère est une atteinte. Les voix, les vêtements, la peau, les expressions, les regards me sont néfastes. Le monde s'organise comme un corps étranger. Je le conçois comme un montage hostile et cherche à découper à travers la fenêtre un cadre propice à l'apaisement. L'immobilité relative de ce que je vois s'organise lentement.

Je ne prends de ce visible que ce qu'il donne. Près du canal mon regard attend. Il a été préparé par une obscurité imparfaite. Je sais qu'un long voisinage dans un temps limité et un espace clos dispose à garder ce qu'on laisse d'ordinaire fuir. Dans la salle d'étude j'ai attendu le jour, compté les livres, me suis habitué aux détails. Les veines de ses bras sont les sentes de cette semi-obscurité, je les parcours lentement, étonné de leur précision. Elle ne parle pas, sa main est ouverte, abandonnée comme pour avoir laissé de fatigue choir un objet. Un tissu de velours couvre la table. Il est tard dans la nuit mais aucune lueur encore n'annonce sa fin.

Nous sommes sortis et nous nous sommes assis près de l'eau.

L'eau est noire et sans profondeur mesurable, de loin en loin coupée de ponts. Elle est trop habillée, gauche à cause des épaisseurs de vêtements. Nous savons que nous ne trouverons pas ce matin des fleurs blanches que nous attendons, mais d'une certaine façon nous sommes bien. Le jour sera le seul nom mais trop attendu et je crains qu'il ne suffise pas et s'use vite. Je dis dans son cou quelques mots des plus simples. Le canal se jette après le dernier pont, le cinquième, dans un canal plus grand. Nous allons rentrer, monter l'escalier de l'étude elle va dormir, son être pèse de tout son poids. Demain nous irons en ville pour les odeurs quand le soleil est un peu pâle, avant midi, et que certaines places sont vides. Je la regarderai boire dans une tasse à grand bord.

J'ai peur qu'elle se brûle ou qu'elle s'ennuie. Des gens devant une barrière se bousculent et masquent ce qu'il y a à voir. Ils parlent haut et se ressemblent tous. Nous nous éloignons, heureux d'une certaine façon que personne ne nous ait remarqué. Elle porte un gilet bleu bordé de fleurs sur le devant, et fermé par des boutons en forme de perles.

Elle a la même expression que dans le parc.

Sur la place des chiens courent et jouent à se mordre.

Je me fais alors, en marchant, derrière elle, de quelques pas seulement, le tableau naïf de cet instant. Il me serre le cœur, très vite de nouveau à côté d'elle, mesurant non pas au sien, attentif à ce bras immobile qui s'abandonne, distrait du reste du corps, lent, mesuré. Chaque geste alors, vers moi ou quelque autre direction, me paraît lent, retenu, presque craintif, inquiet d'être inutile ou presqu'importun. Je voudrais alors au fond de mon être, quand quelque chose l'attriste, qu'elle soit mon enfant.

Une musique, un son, un parfum, une odeur, une étoffe, la chaleur, toutes phrases du monde conspirent à ma tristesse ; et pour la première fois il m'est égal de me faire de cette tristesse une image, tant c'est à elle qu'elle appartient. Je ne puis ni la lui rendre, ni la lui reprocher ; surtout ne pas la serrer trop fort, ni la regarder trop gravement. Il ne faut pas qu'elle comprenne que cette tristesse est la sienne et nous sépare du monde.

Le jour est à l'heure où il doit atteindre la nuit. Une couleur prend tout l'espace, et lui donne une tonalité sourde. Ce trouble est l'avant-poste de la nuit où rien d'autre que ce trouble ne se trouve à dire. Je l'entends dire « doucement ».

C'est une parole venue de la nuit, de la pénombre et du silence. Une parole qui comble le silence. L'air est rouge et humide à nouveau. J'entends un bruit sans mémoire. Je marche parce qu'il fait froid. Un peu vite.

Je sais que tout mot qui ne lui est pas destiné est sans écho, qu'il abandonne sa vérité et n'est qu'un de plus. C'est en cela aussi qu'elle commande le silence.

Elle est l'enfant qui interdit de grandir. Quand je la regarde longtemps j'ai du mal à comprendre comment j'ai supporté les bruits de vos filles. Cette enfant n'est l'enfant que d'elle-même, la seule enfant, et je suis responsable d'elle. Le corps qui a glissé puis roulé le long de la pente était un corps divisé et même sa chute aujourd'hui n'a d'importance que dans la liberté qu'il m'a rendue. Il était un corps contraire à l'enfant. Je ne garde aujourd'hui que son adolescence.

C'est dans ma mémoire cet âge qui domine et réduit à rien ce qui est mort. Je rassemble les lettres que je ne vous ai pas rendues. Je relis entre vos lignes mon nom. Je vais les réunir. Celui à qui je les destine les relira pour vous. Puissent-elles finir de détruire en le lui rendant ce qui reste de vous. Je mesure votre trahison à la mienne.

Je la rejoins et la trouve dans la brume qui vient de l'eau. Elle écrit pour moi cette brume et l'appelle brouillard. Je vois ce qu'elle me montre et qu'elle voit pour moi. Ce mot comprend la nuit et le jour et leur permet de s'unir. Si je m'éloigne tout visage sera le sien. Cette brume est le mot du jour, un mot sans violence pour les nuits que nous ne retrouverons pas. Il me rapporte l'infini du jour à la fin du jour. Il est ce qu'était la violence au désir. Le mot paisible, résigné, et équivalent à ce que l'enfance de l'enfant m'interdit. Nous traversons la place, les pavés glissent, elle s'approche de moi mais n'ose pas me toucher. Elle est mon silence et me guide. La nuit absorbe la brume. J'efface les années ; ce qui se mêle au désir est si grand qu'il en interdit la violence. Nous traversons le dernier pont, l'eau est haute. Les fenêtres de la maison sont éteintes. Elle entre, je ferme avec attention la porte derrière elle.

Je trouve dans cette chambre au-dessus de l'étude la nuit dont la brume s'est retirée.

Sur les murs des scènes peintes racontent des histoires dont le sens s'est perdu. Devant nous, au plus haut du mur, se retrouvent les quatre routes qui mènent à la vallée. Elles sont peintes de façon réaliste et en même temps avec le souci évident d'établir une géographie. J'ai froid, et j'éprouve une sorte de vertige lié à ce froid. Ma main cherche la sienne, puis son ventre. Je me tourne vers elle, pose ma tête au bas de son épaule.

J'ai rêvé qu'entre les routes de la vallée un homme me cherchait. C'était la guerre. Nous avons marché dans la montagne, mangeant des châtaignes crues, dormant sur des lits de feuilles. Cette fuite nous avait réunis.

Quand nous nous sommes réveillés, le monde parlait plus haut, interrompant ce qui de la nuit entre nous restait. J'avais un âge fait d'années vite vécues, mal prises, d'errances et qui m'auraient paru perdues si vaines sans l'incroyable douceur des mots qu'elle me dit en ouvrant les yeux.

En entendant ces mots, je sus que nous aurions toujours cet âge, où elle pourrait sans crainte des saisons rester l'enfant élue du jour où le jour commence.

Sur la table les fleurs étaient ouvertes et je les vis, autour d'elles la nuit continuait. La pièce quoique vaste était remplie d'une sorte de rosée invisible. Je devais accueillir ce matin avec infiniment de bonheur, parce que jamais je ne retrouverai sa lumière ni l'angle blanc où ce qui est sans ombre n'est qu'une fois. Un chant plus pur que celui de la nuit a fait cesser les bruits du dehors et mis fin aux images.

Un vent mesuré, comme après un orage, est entré par les fenêtres qui donnaient sur le canal.

Les nuits suivantes, je fus au fond de mon sommeil réveillé par la nuit. Ce n'était pas seulement l'obscurité qui me rendait la chambre où nous dormions noire et silencieuse. Ni même la présence des tableaux sur les murs, ni même que cette obscurité fût parfaite (des volets de bois fermaient les fenêtres donnant sur le canal et ne laissaient filtrer aucune lumière). Ce qui me réveillait était la nuit. J'avais peur à cet instant d'être étranger. Cette peur, la nuit la contenait. Dressé par le réveil je cherchais autour de moi dans le noir, puis de la main vers son corps endormi. Ceci se produisit plusieurs fois, suffisamment pour que je comprenne que la nuit était alors aussi semblable que possible au matin des fleurs blanches que je ne retrouvais pas. Ces réveils en étaient l'écho. Ils prouvaient aussi en négatif et de façon troublante que ce matin avait existé. Mon affolement était d'ailleurs assez proche de l'émerveillement que j'avais éprouvé.

Je n'ai jamais réveillé celle qui dormait à côté de moi. Elle n'était à cette heure ni une enfant, ni celle nommée du nom du jour. Aucun nom ne pouvait l'appeler pour lui demander de me rejoindre. Son nom que j'ai dit une fois en sortant du sommeil.

Je sentais une force m'obliger à me lever et à sortir, mais que cela fût possible me l'interdisait à la même seconde.

Nous avons quitté ces lieux en direction de la montagne. Le rêve des quatre routes ne m'a pas quitté pendant des jours. Je cherchais quelque chose qui pût faire que l'homme qui m'y avait accompagné nous retrouve. Dans mes rêves parfois je le voyais, mais vieilli, et épuisé par un événement qui semblait avoir tout éteint autour de lui, l'avoir atteint une fois pour toutes, épuisé et rendu triste.

Nous dormions mal et je me réveillais souvent. Nous ne nous sentions pas en sécurité, si bien que tous les rêves que je fis pendant les nuits de ce voyage, j'ai pu les consigner. L'homme, chaque fois, y tenait un rôle secondaire. Dans le dernier rêve, il est devant un orgue, me tourne le dos et porte un chandail rouge vif. Ses cheveux sont gris.

Je n'ai pas souvenir de la musique qu'il joue. Les forêts des montagnes me parurent froides et profondes. L'absence de lumière, une couleur verte tirant vers le noir faisaient une sensation de déjà vu si précise que dans ma mémoire, quelque chose dût se passer. J'appelai en vain l'indice qui déclencherait un retour en arrière, ou ferait venir à moi ce qui semblait tout autour une menace.

Je voulais qu'elle ne remarque rien et imagine que sa peur n'était pas partagée. Le voyage finit par ressembler à une fuite. Et quand, sans que rien n'ait changé, nous passâmes la frontière, je sentis une sorte de soulagement.

Nous restâmes quelque temps dans une ville dont j'ai peu de souvenirs, sinon qu'elle était aussi au bord de l'eau, et que nous habitions une grande chambre qu'éclairaient médiocrement deux fenêtres. La maison était un peu à l'écart, cimentée dans la boue froide, couverte chaque matin de givre.

Aujourd'hui elle a pleuré parce qu'un pauvre dans la rue chantait un chant révolutionnaire. L'adieu je crois des hommes du Sud à leurs femmes qu'ils quittent pour aller chercher au Nord du travail. L'homme chantait debout. Le même jour, nous avons croisé en descendant vers le port une femme blonde, les cheveux dénoués, et vêtue d'une robe verte fermée par une fibule, ou un bijou ancien, le corps lourd. Elle marchait vite et m'a regardé sans me voir, ses yeux étaient bleus. J'ai eu beaucoup de mal à cacher mon trouble. Je ne l'ai pas trouvée belle, mais j'ai senti qu'autour de nous, dans la forêt, avant la frontière, elle était là. Menaçante et indifférente en même temps.

Nous étions maintenant en novembre, et le brouillard devint si épais que certains jours l'on ne marchait dans les rues qu'en frôlant les murs. J'ai suivi un soir un homme qui ressemblait à celui des rêves du mois dernier, mais il était plus massif, à la fois fort et voûté, âgé je crois. Je longeais le mur d'une école. J'étais quelques pas derrière lui, je l'ai vu s'appuyer contre le mur de toute son épaule droite. J'ai voulu me précipiter pour le soutenir, mais une force contraire m'a retenu. Au bout de quelques secondes, il s'est remis à marcher sans m'avoir remarqué.

Quelques jours après cette scène, il me sembla impossible de passer l'hiver dans cette ville. Elle me répondit que l'hiver est toujours triste, et que cela n'avait pas d'importance pourvu que nous soyons ensemble.

Nous sommes seuls dans le compartiment, assis chacun dans un coin. Une femme sans âge et vêtue d'un manteau d'étoffe grise, qui est dans le couloir, hésite à entrer. Elle a des gants verts tricotés, et un sac qui lui donne un air misérable. Son visage est cramoisi de froid et de fatigue. Elle vient s'asseoir près de moi et s'occupe à chercher la position où elle sera le moins mal et ne nous dérangera pas.

Sa présence établit entre nous une conversation muette où je répète pour moi seul mais de tout mes yeux : pardon, pardon. Puis, je t'aime.

A la gare avant la frontière, la femme est descendue. Je t'ai prise dans mes bras. Je venais d'effacer ce qui m'empêchait de m'adresser à toi devant les autres.

Lorsque nous avions vu la femme blonde près du port, j'avais eu envie de l'appeler. Je sais qu'elle est peut-être tout près maintenant, et que je ne la verrai pas. Les pentes des montagnes et la forêt ne dissimulent plus le danger. Nous rentrons. Après la frontière, dans le compartiment vide à nouveau, je suis venu m'asseoir à côté de toi.

« N'aie pas peur. »

Un ciel d'un bleu empoisonné nous attend au-delà des montagnes. Il se mêle à l'eau verte des canaux. Elle tourne la tête vers moi. La caresse de son regard fait reculer mon inquiétude.

Des sentinelles borderont les rues. Je ne la quitte pas des yeux. L'ombre de la femme blonde fait une ombre latérale comme les autres, venue là sans autre raison que celle d'aider au seul amour de mon existence. Rien ne pouvait plus, même ce ciel d'orage, affaiblir cette réalité. En revanche, ce qui pouvait à chaque seconde l'anéantir ne me quitte plus. Je voyais avancer l'horizon et l'écrivais d'une ligne coupant le bleu et le vert en deux territoires distincts. Mon souci d'elle trouvait en cette ligne un nom qui cette fois me regardait. Pour la première fois, j'eus peur pour moi, peur que quelque chose vienne interrompre notre voyage. Quelque chose qui me semblait à moi destiné. Pour chasser ce pressentiment, je me levai afin de baisser la fenêtre ; l'air était vif. Elle me sourit.

Quelques semaines plus tard, ce fut le jour de son anniversaire. L'impression éprouvée dans le train n'avait pas trouvé où se matérialiser, j'attendais, oublieux et inquiet à la fois, qu'un signe me la rapporte, mais vivais en pleine confiance. Cette confiance présente effaçait des années de doute. Quelque chose cependant était là et veillait, guettant un instant de faiblesse.

Elle sentait un événement se produire, sans raison ni fait précis. Ce soir-là, j'ai cru que tout, d'un trait, pouvait se rejoindre. Je comptai dans la nuit les lumières, leur espacement, imaginai l'éventuelle route qu'elles indiquaient dans l'espace. Me retournant, je découvris une présence plus lourde qu'une paroi de verre et aussi noire que le fond du canal. Au loin, un bruit semblable à celui d'un soufflet de forge répondait aux lumières. Elle se coucha tôt. Je trouvai, sans la chercher, une musique parente de celle d'un orgue, mais sans la grandeur, ni le cérémonial.

La nuit était avancée, je me suis enfin couché près d'elle, elle dormait le visage dans l'oreiller. Je respirai une trace de ses cheveux autour d'une raie involontaire. Elle tenait dans la main gauche un mouchoir oublié dans le lit. Sa main imparfaitement fermée était tout à la fois crispée et abandonnée. Sa nuque était tendre et courte, je caressai quelques cheveux bruns plus doux et plus fins que les autres. La faute était oubliée, mais le mot nuque, lorsque je le prononçai alors pour moi seul et d'une voix silencieuse, me fit dans la gorge une sensation peu supportable. Une douleur remontait à la surface. J'eus beaucoup de mal à la contenir. Elle était un gouffre. Je répétais « ta nuque » : les deux mots multipliaient la douleur. Je les répétais plusieurs fois, la dernière à voix plus haute. La présence pesante du verre et de l'eau noire était si proche que malgré moi mes épaules se durcirent, et que ma gorge se noua un peu plus. Elle dormait, m'a-t-il semblé, profondément. Je dis à voix audible son nom afin d'anéantir l'écho des mots précédents, que le silence allait enchâsser.

Le jour est immense, loin devant moi et déjà compromis. Il demeure impossible d'embrasser son étendue du regard, depuis le début jusqu'à la fin. S'il était un paysage, il serait trop vaste pour que, d'en haut, il se puisse regarder. J'éprouve du mal à tenir les yeux ouverts.

J'ai oublié la raison qui l'a fait partir tôt. A l'incapacité à entrer dans ce jour s'ajoute l'incertitude de son retour. Je guette chaque bruit.

L'air manque. Il est impossible à nouveau d'orienter un souffle, un cri, même une phrase. Je suis cette fois effectivement confronté à un espace de solitude. La lumière, dans les rais des volets de la pièce voisine, fait un contraste avec la lumière dans cette pièce-ci. Je voudrais que l'on se penche sur moi comme sur quelqu'un à qui l'air manque. Quelqu'un qui commence et ne finit pas, qui entre et sort d'extrême justesse des lieux qu'il ne peut habiter.

J'entends une porte claquer et un bruit de verre qui se brise. Un pas dans l'escalier.

L'odeur de bois sur les vêtements posés près de la cheminée m'apaise un peu. Je suis rassuré qu'elle soit de nouveau là. Je l'ai à peine vue dans l'embrasure de la porte, mais je l'entends qui s'active. D'être resté ainsi couché me laisse croire que je suis malade. De la pièce où elle est me parvient une odeur de poivre brûlé, qui se mêle à celle des vêtements, puis l'efface. Elle me pique les yeux.

Je comprends qu'il ne m'est pas donné de m'accommoder d'un retour de ce malaise. J'ai du mal à lui parler, les mots viennent difficilement et ne veulent rien dire, je touche son bras, elle a gardé sa veste. Elle me demande si je n'ai pas froid. J'aime quand elle est trop habillée, comme l'indécision de ses gestes.

J'ai l'impression désagréable que ce jour est une écriture dont l'encre par endroits s'est effacé, ou n'a pas marqué. Mes mouvements sont décalés. J'aimerais pouvoir me rendormir.

J'ai marché et vu des gens. Tout ce que je pouvais dire m'était étranger. Je commençais chaque phrase par « il est vrai que », ce qui me donnait immédiatement envie de me taire. J'ai senti des insultes et des cris monter en moi, contre moi, et le désir de me précipiter contre un mur, de le frapper des poings.

Je suis seul dans un pays dont aucun mot ne m'est connu. Je n'ai même pas un porche pour me servir d'asile. Autrefois un fleuve ouvrait cette ville. Les habitants en ont aujourd'hui détourné le cours. Je longe cette ligne, mesure l'étiage. Mon sac est lourd et mon manteau est lourd. Je n'ai pas dormi. Je cherche sans pouvoir l'appeler la présence de celle que je quitte, et je n'ai pas de bâton pour m'appuyer, ni de signe pour me guider. Je la quitte pour la rejoindre. Non pas un jour, mais ici, tout de suite, où jamais elle n'a été aussi proche. Une année le fleuve est sorti de son lit et a inondé la ville, et a rejoint la mer, à laquelle la ville tourne le dos. Les hommes ont alors détourné son cours.

Mon départ est la mesure de son absence. Je ne veux pas dormir tant que son nom ne m'est pas précis au point que j'y trouve ma demeure. Entre les anciennes rives des arbres ont été plantés. Ils ont le tronc galbé et le feuillage épais.

Je n'en ai jamais vu de semblables. Ils poussent irrégulièrement, et certains sont presque chétifs. Les ponts rejoignent les deux rives, et il semble impossible de traverser ce fleuve sec autrement qu'en les empruntant. Pour passer l'un d'eux, je tourne le dos à la mer. Tout est aride, et le vent chargé de poussière.

Je partage seulement alors la tristesse qui l'étreignit si souvent et dont je voulais la distraire de peur qu'elle n'emporte tout. Entre l'herbe et la terre, entre ces racines et ces pierres que l'eau ne traverse plus, je suis des yeux une sente invisible. Je ne la mesure pas, ne la comprends pas, parfois je la perds puis la retrouve ; d'une rive à l'autre, elle est le long du fleuve un chenal connu de moi seul. Les collines au loin portent l'effet d'une telle sécheresse.

La partie la plus ancienne de la ville tient dans un méandre. Je m'éloigne de la rive, pensant, en coupant par la ville, la rejoindre.

Une chose au-delà de l'inquiétude, me prend et déferle, entraînant toute raison et toute parole. Qu'un pays soit entre nous m'est insupportable. Dans l'espace, je me tourne vers elle de tout mon corps. La terre nous sépare.

Je me détourne de la ville et cours vers le pont, cette fois je descends dans la vallée. Elle est une fosse. L'arche du pont porte la marque de l'eau.

Un silence plus grand emporte le silence des

derniers jours. Une peur qui n'a plus d'objet passe sur moi, elle suit mes pas et mes gestes d'un trait de poussière. Des arbres, les oiseaux comme un seul s'envolent, font un tour, puis se posent au même endroit. Mon avancée est saccadée et lente. La traversée du fleuve mort est sans fin. Le fleuve fait le silence. Ce midi est de poussière. La douleur qui me frappe me terrasse, elle est violente comme la flèche qui vole de jour.

Pourquoi suis-je parti, les pierres arrachent mes genoux et les paumes de mes mains, mes yeux ouverts se remplissent de sable. Mon visage contre la terre regarde en silence et mes mains nomment, du dernier geste possible, par son nom de douleur, celle qui est loin.

Ainsi le monde se ferme. J'ai peur de me réveiller et qu'elle ne soit pas là, puis j'ai peur de ne pas me réveiller. La lumière de ce midi m'emporte. Le fleuve se tait de tout ce qu'il contient et se tait même de son silence.

Je ne vois plus, quand j'ouvre dans mon sommeil les yeux, qu'un cercle de lumière quadrillée de petits carreaux réguliers. Deux lignes au centre du cercle se coupent de façon plus nette et mieux dessinée. Ce n'est pourtant pas une fenêtre, ou du moins quelque chose qui pourrait s'ouvrir.

Ces lignes en fait ne se croisent qu'un peu

au-dessous du centre. Mon bras est, au contact du mur d'où la lumière me parvient. Il paraît humide. L'image des arbres au tronc galbé me revient ; j'organise les arbres par groupe de quatre ou six ; ils forment un couloir interrompu d'angles brusques. Le contact de leur écorce faisant sur la main une impression contraire à celle que me donne cette paroi sombre et haute. Sa seule ouverture est ce hublot. J'ai l'impression parfois que quelqu'un s'approche de moi. Une femme dont le visage et les mains sont analogues à la lumière, et le corps au mur. Elle est vêtue de noir, je ne distingue pas ses traits, mais seulement le col de sa robe. Quand elle se penche la lumière me semble plus difficile à supporter. Je me tourne contre le mur. Le sommeil est une pluie froide.

J'ai dormi longtemps et ne me souviens que d'un rêve qui me paraît sans importance. Quelques jours plus tard j'ai repris ma route. Le fleuve en s'éloignant de la ville semblait moins sec. Des roseaux poussaient au centre de son lit, et les arbres le long de la berge ressemblaient à ceux que je connais. Les murs étaient érodés, rongés par des siècles de vent. Sur les feuilles des arbres de minuscules escargots étaient incrustés. Ils ressemblaient à des coquillages immobiles. Blancs, à peine rosés, formés au centre d'une sorte de couronne. Les feuilles étaient petites et régulières. Pendant les jours où j'avais dû rester couché, il avait plu. Le temps était humide, drapé d'un malaise indistinct.

Je marchais cette fois pour atteindre le pont où le fleuve retrouve son eau. Ce point de capture était ma destination. Ces indices me firent croire que j'étais en bonne voie. Mais peut-être me trompais-je, et les flaques n'étaient probablement que des flaques de pluie. Je cherchais un signe qui m'aurait dit si je marchais vers le fleuve ou vers la mer.

La dernière image de la ville est celle de la maison que je quitte. Je ne sais rien d'elle, si ce n'est que les murs en sont ocres quand je m'éloigne. Hauts, avec pour seules fenêtres des hublots, à plusieurs mètres du sol. Son architecture de loin est une image ; je m'étais habitué à ce mur haut, aux tentures rares, en velours épais et foncé, à l'absence de meubles sinon mon lit. Ces jours sont incompréhensibles. Je ne sais ni qui m'a recueilli ni qui m'a laissé partir. Je me sens mieux, sans pourtant me sentir vraiment libre. J'ai envie de nouveau d'habiter quelque part. Je n'ai pas idée du temps qui me sépare du fleuve et ne sais pas pourquoi je me suis fixé d'y parvenir.

Tout m'est étranger. Tout projet m'est étranger. Les hommes ne suivent plus qu'une obsession, déclinant sans trêve sa forme et toute obsession qui n'est pas la mienne m'est étrangère. Je ne saurais pourtant dire que j'en ai une. J'éviterai les rencontres et n'ai rien à dire. Heureusement, le long du fleuve il n'y a personne ; hier un homme qui marchait dans la même direction a essayé de me parler, il voulait que nous marchions ensemble, je crois. J'ai ralenti afin qu'il comprenne que je ne voulais pas marcher avec lui. Il a insisté un peu, et il a cédé, et s'est éloigné.

Oui, tout ce qui me détourne m'est indifférent, et ce qui me semble proche ne me concerne pas plus. Les traces que les hommes ont inscrites me sont égales. Je ne comprends pas pourquoi ils s'obstinent, et je ne sais même pas pourquoi je me raconte tout cela. Peut-être parce que je marche et qu'il faut une fable à l'absence de bruit.

Je voudrais que cette fable cesse, cesser de réciter les noms des hommes et l'histoire de leurs objets.

Il ne doit plus y avoir d'objet, seulement le désir de l'eau. Le fleuve ou la mer.

Aucun mot construit ne pourra désormais préciser ce que je veux et ne peux dire. Tout est accompli et rien n'a commencé. Je n'aurai fait que ramasser des morceaux de verre. Le chemin se fait plus précis entre les herbes. Une scène me revient. Celle, devant la porte de l'église, d'un tribunal. J'entends les coups de midi. Depuis quelques kilomètres, il y a autour de moi des marais et des maisons blanches aux toits de chaume.

Je m'essuie le front. Le mouchoir est usé, doux, déchiré aux bords, et de couleur grenat. Sa couleur me rend les lettres blanches précises et illisibles de l'ardoise. Je n'en déchiffre pas mieux aujourd'hui le sens mais comprends que cette couleur en est le signe. Je jette le mouchoir au bord du chemin, puis m'arrête et veux le reprendre, parce que je ne sais quelle superstition me fait regretter ce geste.

Nous sommes jeudi. Un des juges du tribunal indique du pied, en ma direction, comme s'il poussait un petit animal rétif, que je dois parler. Il répète son geste, cette fois de façon brusque. Je parle, difficilement, les mêmes expressions reviennent, je m'entends, exaspéré, les dire. Si je suis accusé, je me défends mal. L'image du tribunal et le mouchoir grenat, jeté, s'organisent en un procès que j'invente, et retrouve à chaque pas plus nettement. Il me semble que ce tribunal s'est réellement réuni. De quoi suis-je capable, ai-je été accusé ? Pourquoi ces jours de fièvre et cette amnésie partielle ? Le mouchoir grenat est bien, de cela je suis sûr, le signe d'une sentence.

Le mal vient de l'absence du visage où ma solitude pourrait se vérifier. Je cherche ses traits, les énumère à haute voix, pour moi seul, depuis des jours au centre du fleuve dont je suis le cours, je parle seul. Les mots vont à contre-courant. Je tourne probablement le dos à la mer. Je répète souvent « la tache jaune de son front », « son enfance », « ses jambes d'enfant », mais les mots l'effacent. Il redeviennent des mots. La solitude comme une couleur croît chaque jour.

Parfois avec une stridence déconcertante, elle m'apparaît, m'attendant avec un cartable à la main devant une porte ; la peur alors me prend à nouveau et je marche plus vite pour m'éloigner ou m'approcher de sa présence. Elle a un manteau imperméable beige avec une capuche. Je ne marche donc, je le comprends alors, que pour la perdre ou la retrouver, définitivement.

Des galets couvrent le lit de la rivière, il m'est difficile de marcher. Je me tords les pieds, parfois trébuche. J'ai envie de remonter sur la berge, cela est possible, mais me semble-t-il ne change rien. Je ne me fais pas l'image de ma solitude mais au contraire, ce paysage la fabrique, la compose et lui donne son sens. Ce n'est plus une fable que je me récite et les images ne portent rien, ne sont le signe de rien. Elles sont un décor comme un autre. Je marche en attendant que son visage se confonde avec ce que je vois. Les couleurs me paraissent sans objet. Je répète jaune, jaune et ne vois rien, n'imagine rien. Le jaune est devenu le jaune de rien. La fatigue organise le jour. Le mot jaune ne correspond plus à une forme, seulement à l'épuisement, à la chaleur, à la poussière, et à la perte du sommeil.

En dernière instance, peut-être au hublot quadrillé des nuits de fièvre. Mais non, pas le hublot, autre chose, et qui serait venu de loin.

Je ne fais rien et écoute la fin de ce silence dont le début manque. Je dépose chaque heure, nuit après nuit.

La porte de la chambre est fermée, afin que le bruit de mon pas quand je marche soit silencieux. L'antienne que je dis n'a plus de mots ; les nuits les ont effacés. Elle est un peu comme étaient les lettres blanches de l'ardoise. Au début et à la fin du sommeil.

Si aujourd'hui j'étais à côté d'elle pour la regarder dormir, j'aurais l'impression de la veiller et peur je crois de sa mort.

Il est trop tard. Les veines de ses poignets et de ses bras sont apparentes comme les sentes du rêve. Son corps s'est alourdi. Il pèse maintenant. Fait-elle si totalement partie de moi que sa douceur est devenue ma tristesse, et que sa faiblesse me tient lieu de force ? Elle se couche de plus en plus tôt, rit ou pleure sans raison. Dort longtemps et gémit pendant son sommeil. J'ai oublié tant de choses. J'éteins la lampe qu'elle a laissé éclairée. Je reste des heures dans la pièce voisine.

Le rêve de la guerre revient souvent.

ACHEVÉ D'IMPRIMER
EN MAI 1990
SUR LES PRESSES DE
L'IMPRIMERIE SZIKRA
90200 GIROMAGNY

« J'oublie les remparts, l'attente et les mois à venir. Vous êtes fardée, gardez votre masque, votre silence, vos conditions, vos cautions, votre passé, votre bienveillance, vos alliances, vos biens, votre mesure, votre tranquillité, vos promesses, vos mensonges, votre maison, vos opinions, vos goûts, ce que l'on vous a appris, ce que vous avez protégé, ce que vous avez perdu, vos lettres, votre regard, vos gestes, votre solitude et le mal qui vous prendra. Vous aurez peur contre un autre. C'est un autre nom que vous direz. Le travail d'effacement et de rature peut commencer. Je retourne la lettre de votre nom contre moi. »

Alain Bonfand est né en 1957. Il est professeur d'histoire des civilisations à l'Ecole Nationale Supérieure des Beaux-Arts de Paris. Il a publié à La Différence, dans la collection « la vue le texte », Paul Klee, l'Œil en trop. *Ses* Lettres d'août *viennent de paraître, également à La Différence.*

6.90/59 F